ROBERT LABS

DRAGIC MASTER

1

CARLSEN COMICS

AAAH!
NEIN!

HM... SCHWER ZU SAGEN...
ZEFF! IST SIE DAS?
WAS WOLLT IHR VON MIR?
SNIFF
SNIFF

JA! SIE IST ES! LASS UNS VON HIER VERSCHWIN- DEN!
IN ORDNUNG! SPRING AUF!
AAAH!
NEIN! BITTE NICHT! WAS HABT IHR VOR?

JA, JA, ZEFF. ICH WEISS, DASS DIESER UMSTÄNDLICHE TRANSPORT NUR DER SICHERHEIT DIENT.
ABER PASS DIESMAL AUF UND SCHLUCK SIE NICHT RUNTER WIE BEIM LETZTEN MAL!
WIR BRAUCHEN SIE NOCH.
CHNELL! DA KOMMT EMAND! NICHTS WIE WEG!

MAE!

JA, BITTE? WIR KAUFEN NICHTS!
VERZEIHEN SIE... WOHNEN HIER DIE VANOUES?
DIE VANOUES? SOVIEL ICH WEISS, SIND SIE NACH DEM VERSCHWINDEN IHRER TOCHTER IN EINE ANDERE STADT GEZOGEN.

ABER WAS WOLLTEST DU DENN VON IHNEN?
GERÜCHTEN ZUFOLGE HAT DER KÖNIG SIE WÄHREND DER RASSENKRIEGE UMGEBRACHT.
SIE SIND TOT?!
TOT...?
MEIN GOTT DU BIST JA VÖLLIG NACKT. DU HOLST DIR NOCH EINE ERKÄLTUNG

KOMM SCHON... WARUM GEHST DU NICHT NACH HAUSE UND...
ICH HABE KEIN ZUHAUSE MEHR.
ICH BIN MAE VANOUE.
DU BIST MAE VANOUE?! DAS VER-SCHWUNDENE MÄDCHEN...?

MEIN NAME IST DR. EETH WEISS. TUT MIR LEID, DAS MIT DEINEN ELTERN...
?!

DU BIST EIN DRAGIC MASTER?!
HUH?
KANN ICH BEI IHNEN BLEIBEN?

AN EINEM ANDEREN ORT, EINIGE JAHRE SPÄTER...
STOP

FLUG 21
DREI JAHRE HABE ICH JETZT DARAUF GEWARTET.
ABER WAS KONNTE ICH IHM SCHON SAGEN? ICH WOLLTE IHN EBEN NICHT MIT DA HINEINZIEHEN...

ICH WUSSTE JA NICHT EINMAL, O ER MIR ÜBERHAUP GLAUBEN WÜRDE.
ABER ER IST NUN MAL MEIN BRUDER. TED SUNZAI, 17 JAHRE ALT.
ER GEHT AUF DIESELBE SCHULE WIE ICH, DIE C'UOH-HIGH. WAS IHN ABER NICHT UNBEDINGT REIFER MACHT...
ALLES IN ALLEM IST ER VIEL OPTIMISTISCHER ALS ICH. UNSERE ELTERN STAR-BEN WÄHREND DER GROSSEN RASSENKRIEGE. TED WAR DAMALS DREI...

ÄH... HI, TED!
HAST DU AUCH ALLES DABEI?
KLAR, JESS! ALLES AUF DEM GEPÄCK-WAGEN VERSTAUT.
GUT. DANN CHECK DOCH SCHON MAL EIN.
EXIT

UHM... EINCHECKEN GANZ ALLEINE
UND WAS IST MIT DIR ?
ICH MUSS MICH NOCH-MAL FRISCH MACHEN UND SO ...
BIN GLEICH WIEDER DA !
PFFT...! WEIBER.

WEEP
AUF
DIESER GANZE STRESS... ICH BIN MIR SICHER, MAN HAT MICH BEOBACHTET. SIE SOLLEN AUF KEINEN FALL WISSEN, DASS TED MEIN BRUDER IST.
ICH HOFFE NUR, DASS SIE MIR AUCH NICHT FOLGEN WERDEN.
UFF!
WC
...

WHP
ZU
OOOH … MMH …
DAS WAR NÖTIG!
ARGH! WER KOMMT DENN AUF SO WAS?!

Driii
OH! HALLO, DOKTOR WEISS!
CLICK!
CH ABE AS RUM BEI MIR.
VZZ
SEHR GUT, JESS! DU MUSST DICH BEEILEN. UNSERE TECHNIKER SIND SCHON FAST FERTIG.
MEIN FLUG GEHT IN 15 MINUTEN. ABER... ICH GLAUBE, ICH WERDE VERFOLGT.

JESS! DAS IST SCHLECHT. HAST DU SIE GESEHEN?
JA! ZWEI- ODER DREIMAL. ICH HABE DEN FLUG ALS URLAUBSREISE GETARNT, SO WIE SIE ES GESAGT HABEN.
ABER ICH HABE KEINE AHNUNG, OB SIE MICH ERKANNT HABEN.
ICH HOFFE NICHT!
JESS, HÖR ZU! EGAL, WAS PASSIERT. SORG DAFÜR, DASS DEIN BRUDER AM LEBEN BLEIBT ...
... UND DASS DAS SERUM NICHT IN FALSCHE HÄNDE FÄLLT.

ICH
RDE ES
AFFEN!
STE ES,
AS ES
OLLE...
SIE KÖNNEN SICH AUF MICH VER-LASSEN, DOKTOR WEISS!
SEHR SCHÖN. ICH GLAUBE AN DICH, JESS!
ENDE... !
BEEEP
ABER BEVOR DU GEHST, SCHAU DICH LIEBER NOCH-MAL UM... ENDE!

FZPH
OH... HI, HI! WIE PEINLICH ...

CHEEE
EXIT
WÄCHTER DES KÖNIGS! VERDAMMT!
ICH WUSSTE ES!
SIE WITTERN, DASS DAS SERUM HIER IST.
JETZT HABE ICH EIN PROBLEM!

NOCH ZEHN MINUTEN...
... WO BLEIBT SIE NUR?
IHRE TICKETS, MR. SUNZAI!

DA FAHREN WIR ENDLICH IN URLAUB, UND SIE MUSS RUM-TRÖDELN...
HMPF!
MIR REICHT'S!
ICH WERDE SIE JETZT VON DER TOILETTE ZERREN.
ICH LASS MIR DOCH NICHT MEI-NEN URLAUB ENTGEHEN...
AUF
WEEP!

TS, TS...
FRAUENKLOS!
JESS?

JESS...?
BIST DU DA DRIN?!
HE, WAS...?!

AAAH! JESS! LASS DEN MIST! DAS TUT WEH!
SORRY, TED...
ES IST NUR ZU DEINER EIGENEN SICHERHEIT!
HEY!
CRICK!
JESS, VERDAMMT! WIR HABEN KEINE ZEIT FÜR SO EINEN UNSINN! WIR VERPASSEN UNSEREN FLUG!

FALSCH!
DU VERPASST IHN!
WAS?! JESS! WAS... WAS SOLL DAS ALLES? MACH DIE DINGER WIEDER AUF!
TED! DAS HIER IST EIN SERUM. WENN ICH NICHT ZURÜCKKOMME, MUSST DU ES DOKTOR WEISS ÜBERBRINGEN. DIE ADRESSE STEHT DRAUF!

...
NICHT... NICHT MEHR ZURÜCK-KOM-MEN...?!
FPH!

JESS!!!
JESS?!
HALT!! WARTE!!
JESS!!!
EXIT
ZU
NEIN!!!
JESS!!!
MACH
MICH
WIEDER
LOS!!
ZU

DIE PASSAGIERE DES FLUGES 89 WERDEN GEBETEN, SICH ZU DEN SCHLEUSEN ZU BEGE-BEN... ICH WIEDER-HOLE...

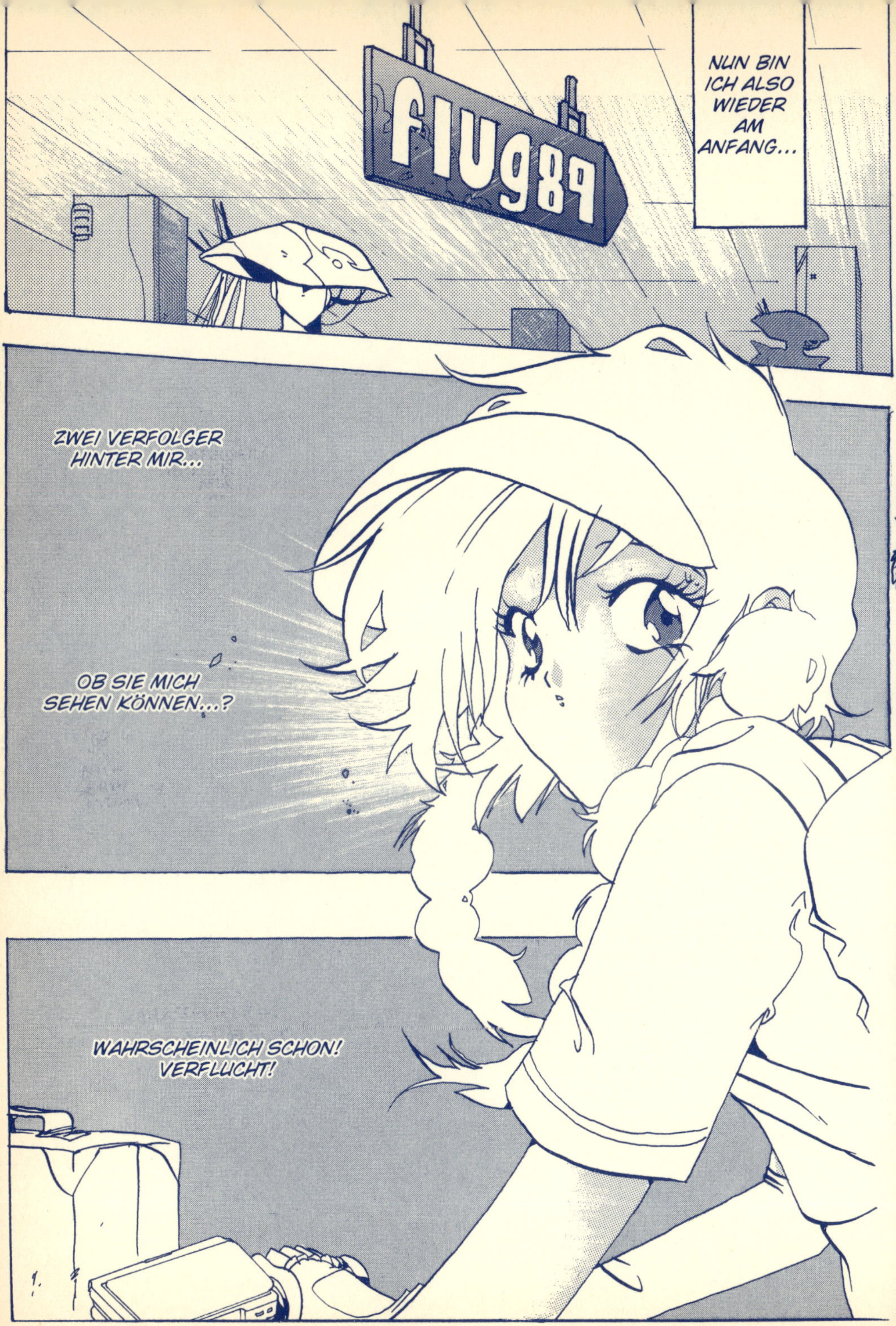
FLUG 89
NUN BIN ICH ALSO WIEDER AM ANFANG...
ZWEI VERFOLGER HINTER MIR...
OB SIE MICH SEHEN KÖNNEN...?
WAHRSCHEINLICH SCHON! VERFLUCHT!

WEEP!
INSERT TICKET
DANKE SEHR! BITTE LEGEN SIE IHR GEPÄCK AUF DAS LAUF-BAND!
GUTEN FLUG! UND BEEHREN SIE UNS BALD WIEDER!
BYE
WAS...? ABER ER HAT MICH DOCH GESE-HEN...?!
89'E

Bitte legen Sie Ihre Gurte an. Start wird eingeleitet...
SEUFZ!

SCHÖNEN URLAUB WÜNSCH ICH DIR, JESS!
ERINNERE MICH BITTE DARAN, DIR EINE RUNTER-ZUHAUEN, WENN DU ZURÜCK-KOMMST.
KRASH

TRIEBWERK EINS UND ZWEI... GEZÜNDET!

OH, MEIN GOTT!
DAS WAR EINE VERDAMMTE FALLE!
!!

IHR SCHWEI-NE!

KRSCHH!

JESS! NEIN!!
... JESS ...
...

PLEEEE
...

C'UOH. SÜDGE-BIRGE, KALKPLA-TEAU 24...
DIE RESIDENZ DES KÖNIGS VON C'UOH...
KATTAN

PASSEN SIE MIT DEN STÜTZPFEILERN AUF!
DIE GENERATOREN SIND EMPFINDLICH!
ZU BEFEHL EURE MAJESTÄT!

GEEE
CLANG
ÜBER-RAGEND ...
IST ES NICHT SO, EURE MAJESTÄT ?

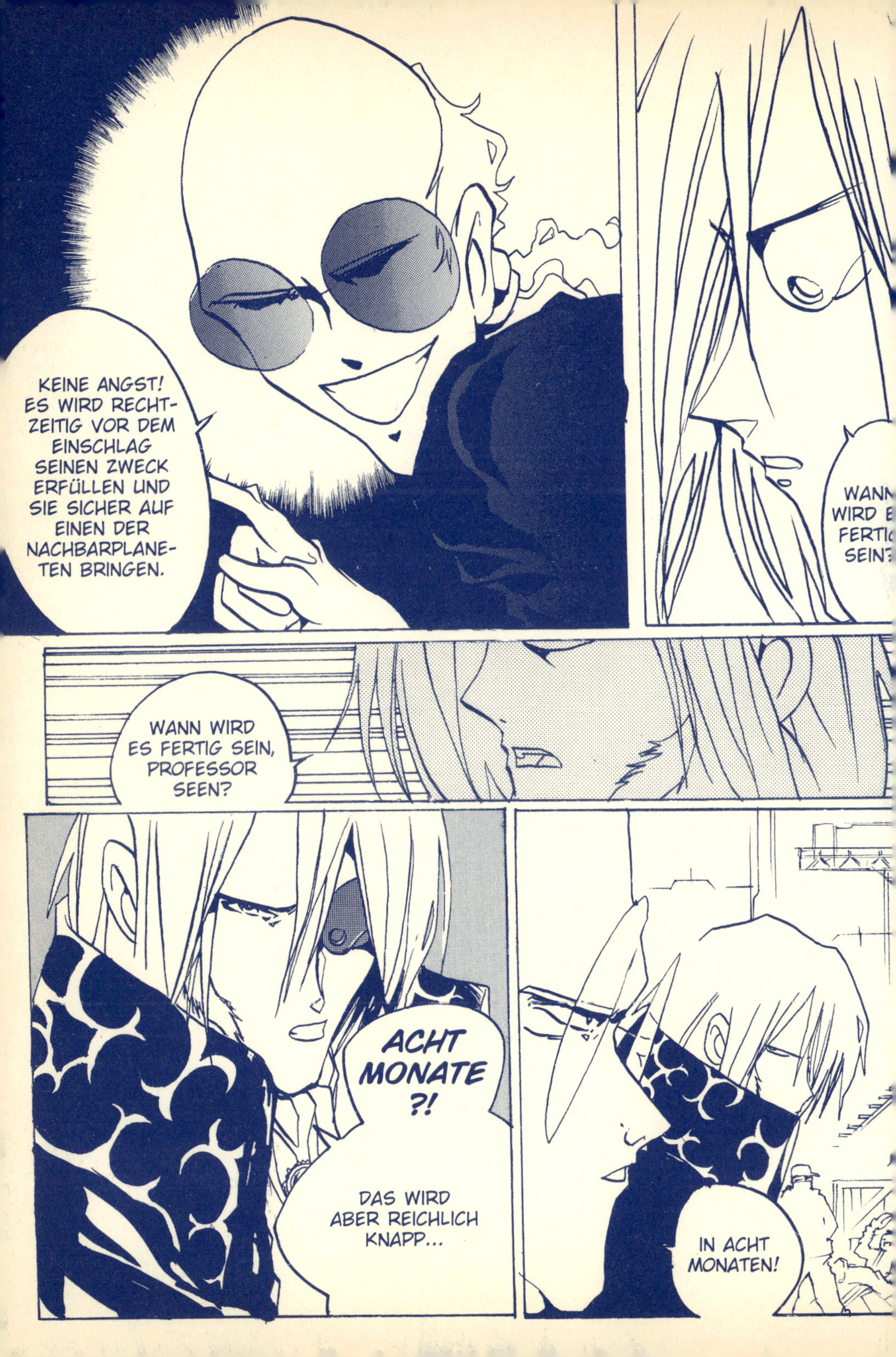
WANN WIRD E FERTIG SEIN?
KEINE ANGST! ES WIRD RECHTZEITIG VOR DEM EINSCHLAG SEINEN ZWECK ERFÜLLEN UND SIE SICHER AUF EINEN DER NACHBARPLANETEN BRINGEN.
WANN WIRD ES FERTIG SEIN, PROFESSOR SEEN?
IN ACHT MONATEN!
ACHT MONATE ?!
DAS WIRD ABER REICHLICH KNAPP...

NEIN, WIRD ES NICHT, SCHAUEN SIE SICH MEINE BERECHNUNGEN AN.
CANCEL
HOLD ON
OFF
CHEE CHEE CHEE
C'UOH
VZZZ!
SIE SEHEN UNSEREN PLANETEN C'UOH...
VZZZ

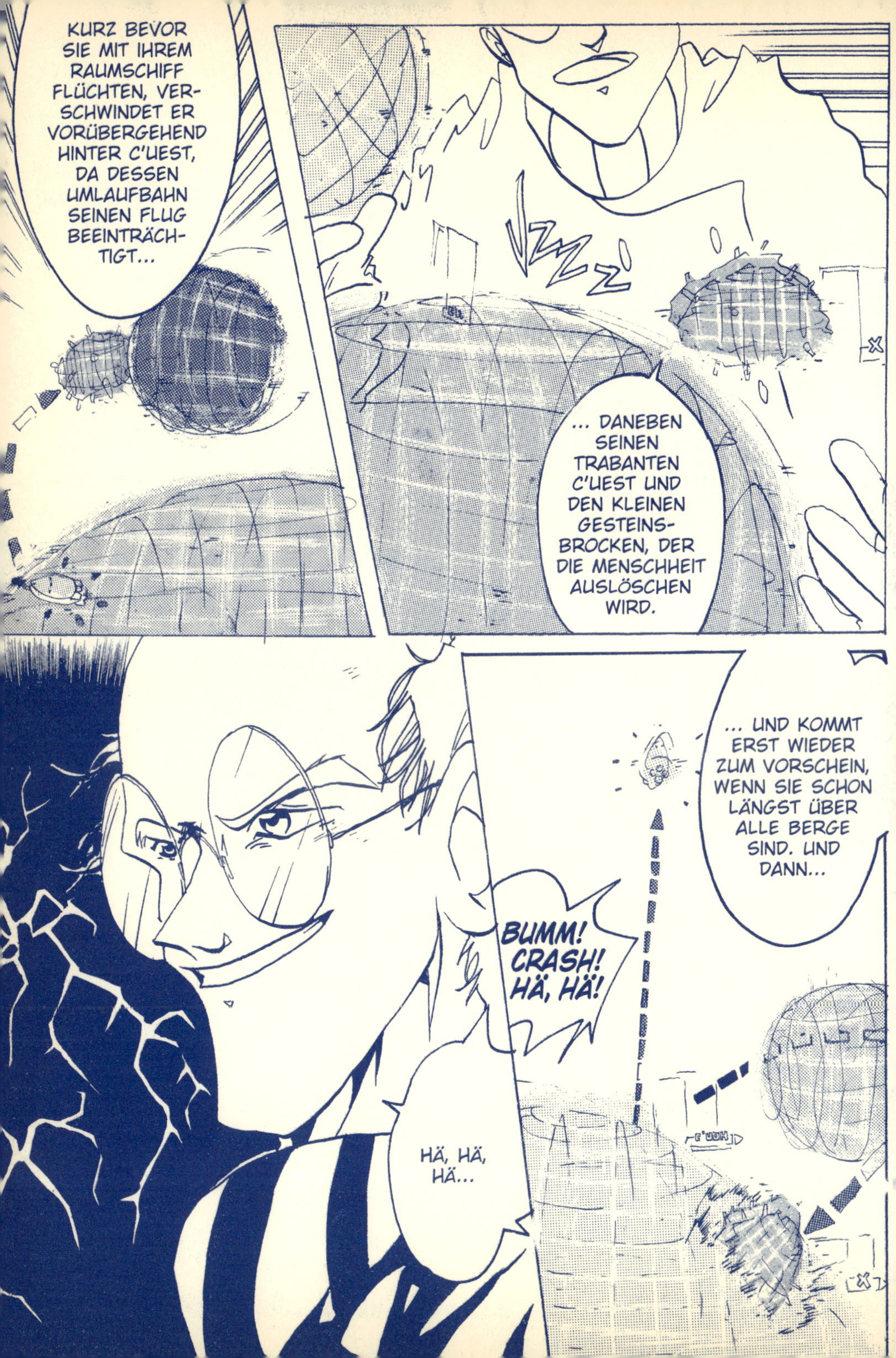
... DANEBEN SEINEN TRABANTEN C'UEST UND DEN KLEINEN GESTEINS-BROCKEN, DER DIE MENSCHHEIT AUSLÖSCHEN WIRD.
KURZ BEVOR SIE MIT IHREM RAUMSCHIFF FLÜCHTEN, VER-SCHWINDET ER VORÜBERGEHEND HINTER C'UEST, DA DESSEN UMLAUFBAHN SEINEN FLUG BEEINTRÄCH-TIGT...
... UND KOMMT ERST WIEDER ZUM VORSCHEIN, WENN SIE SCHON LÄNGST ÜBER ALLE BERGE SIND. UND DANN...
BUMM! CRASH! HÄ, HÄ!
HÄ, HÄ, HÄ...

UND? WAS SAGEN SIE?
HALTEN SIE DEN ZEITPLAN EIN!
SCHAFFEN SIE ES NICHT...
DANN ZAH-EN SIE DIE ECHNUNG ÜR IHRE TATEN!

HM...

EURE MAJESTÄT!
WIR SIND ZURÜCK! MISSION ERFÜLLT.
SEHR GUT!
WO IST DAS SERUM?
NEGATIV.
WIR HABEN IHR FLUGZEUG MIT C4 GESPRENGT.

DAS MÄDCHEN UND DAS SERUM WURDEN SOMIT VOLLSTÄNDIG VERNICHTET!
DAS HOFFE ICH FÜR SIE!
ANSONS TEN...

... KOMMEN SIE IN DIE GLEICHE MISSLICHE LAGE WIE ER.

ICH HOFFE, WIR VER-STEHEN UNS?!
SEHR WOHL, MAJESTÄT!

MIT ODER OHNE SERUM... SIE HÄTTEN KEINE CHANCE, DR. WEISS...
WEG-TRETEN!
SEHR WOHL...
SIE HABE DIE SCHLA NOC NICH GEWO NEN
... NOCH LANGE NICHT!

PASS DOCH AUF, DU IDIOT!
MEEP
HEY, MANN!
...

WARUM ...?
JESS ...

WARUM NUR ...?
DAS KANN DOCH ALLES NICHT WAHR SEIN...!
...

ICH...
ICH FÜHL MICH SO ALLEIN...
AAAH! GEHEN SIE VON MEINEM AUTO RUNTER! SIE MACHEN KRATZER REIN!
OH.
TUT MIR LEID ...
IGNORANT!

MEIN HEISS GELIEBTES AUTO! SCHMATZ! ❤
NEIN!
MEIN WAGEN!

WAS UM ALLES IN DER WELT ...?
SEHT NUR!
DA OBEN AM HIMMEL!

SHHEEE
BOM
BOAM
BAM
AAHH

UUUUH!
SLURP

* EIN METEOROID IST EIN KOSMISCHER KLEINSTKÖRPER MIT EINEM DURCHMESSER ZWISCHEN EINIGEN METERN UND WENIGER ALS 0,1 MILLIMETERN.

WOW!
LAUFT UM EUER LEBEN! LOS! LOS
OH NEIN!

WOOSH
VERDAMMTE SCHEISSE!
WOO
OH MANN, DAS GIBT'S DOCH NICHT! MIST, MIST, MIST!

DIE STADT GLEICHT EINER MONDLANDSCHAFT. DER HAGEL HAT SÄMTLICHE HÄUSER UND STRASSEN ZERSTÖRT.
ICH MUSS TRÄUMEN ODER SO WAS...
SCHEISSE... WAS ZUM TEUFEL GEHT HIER VOR SICH?
05
HEY, MANN! SOLL ICH DICH DA UNTEN WIEDER ABSETZEN?
...

DIE STADT CASCADOME … WELT-BERÜHMT DURCH IHRE VIELEN FACHWERK-HÄUSER.
seine Haare sind zu lan

IRGENDETWAS STINKT HIER GANZ GEWALTIG.
ERST DREHT JESS DURCH, DANN EXPLODIERT IHR FLUGZEUG... UND NUN DAS HIER.
AH-HA HA. DIESES GESICHT...
DAS SERUM, DAS JESS MIR GAB...
... IST AN EINEN GEWISSEN DR. WEISS ADRESSIERT.

HM... SCHEINT, AL WÜRDE DEI ASTEROIDEN HAGEL WIED EINSETZEN.
BAM!
NA GUT, JESS... ICH WERDE ES IHM BRINGEN, HÖRST DU? NUR FÜR DICH...

VER-
DAMMT!
DIESES
DING,
ES...!
!!

WHUD

ICH HABE IHN GEFUN-DEN!
HELFT MIR. ICH BENÖTIGE RASTERFOLIE.
DANKE!
Für alle die einem armen Mangaka unter die Arme greifen wollen:
Die „AKTION: SPENDET RASTERFOLIE"
schickt sie an:
Carlsen Comics
Stichwort: Rasterfolie
Völckersstr. 14-20
22765 Hamburg

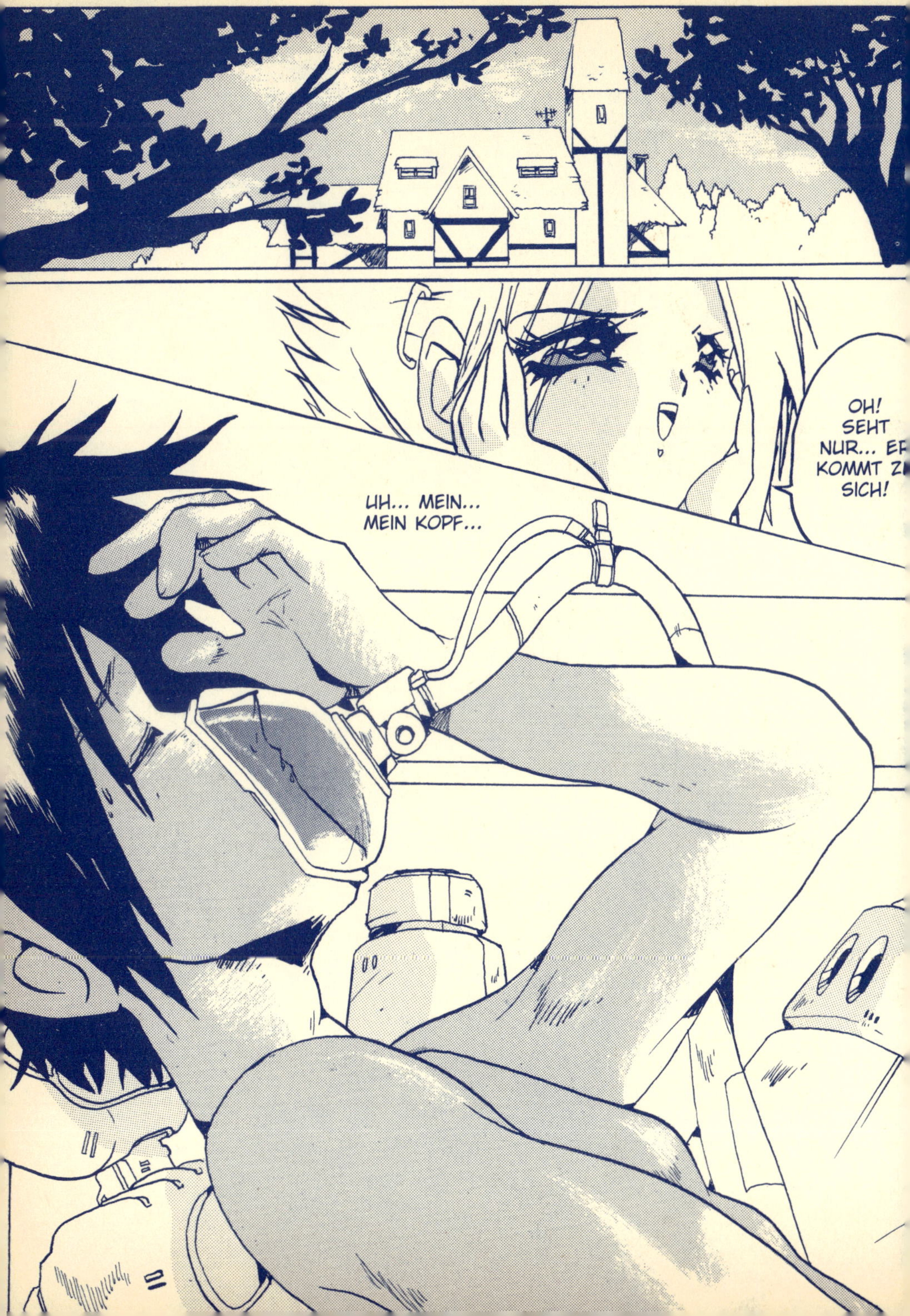
OH! SEHT NUR... KOMMT SICH!
UH... MEIN... MEIN KOPF...

UH...
WO... WO BIN ICH?
!?
WILL-KOMMEN IN DR. WEISS' FORSCHUNGS-LABOR, TED!

DR. WEISS...?! ABER...? WOHER KENNEN SIE MEINEN NAMEN?
?!
UAAAH! MEIN... MEIN ARM! WIE IST DAS MÖGLICH?!
DAS IST EINE LANG GESCHICHTE, TED. ABER ICH BIN FROH DASS DU ES BIS HIER GESCHAFFT HAST.
?
JETZT WIRD ENDLICH ALLES GUT!

SIE HABEN MICH ERWARTET?
NUN... EIGENTLICH HABE ICH DEINE SCHWESTER ERWARTET. WAS IST PASSIERT?
SIE... SIE IST...

DAS FLUGZEUG, IN DEM JESS SASS, IST EXPLODIERT. ICH WURDE NUR VERSCHONT, WEIL SIE MICH AN DIE TOILETTENTÜR IM FLUGHAFEN GEKETTET HATTE...
JESS IST...?
... TOT, JA! BITTE, DR. WEISS... WAS GEHT HIER VOR?
MEIN GOTT...

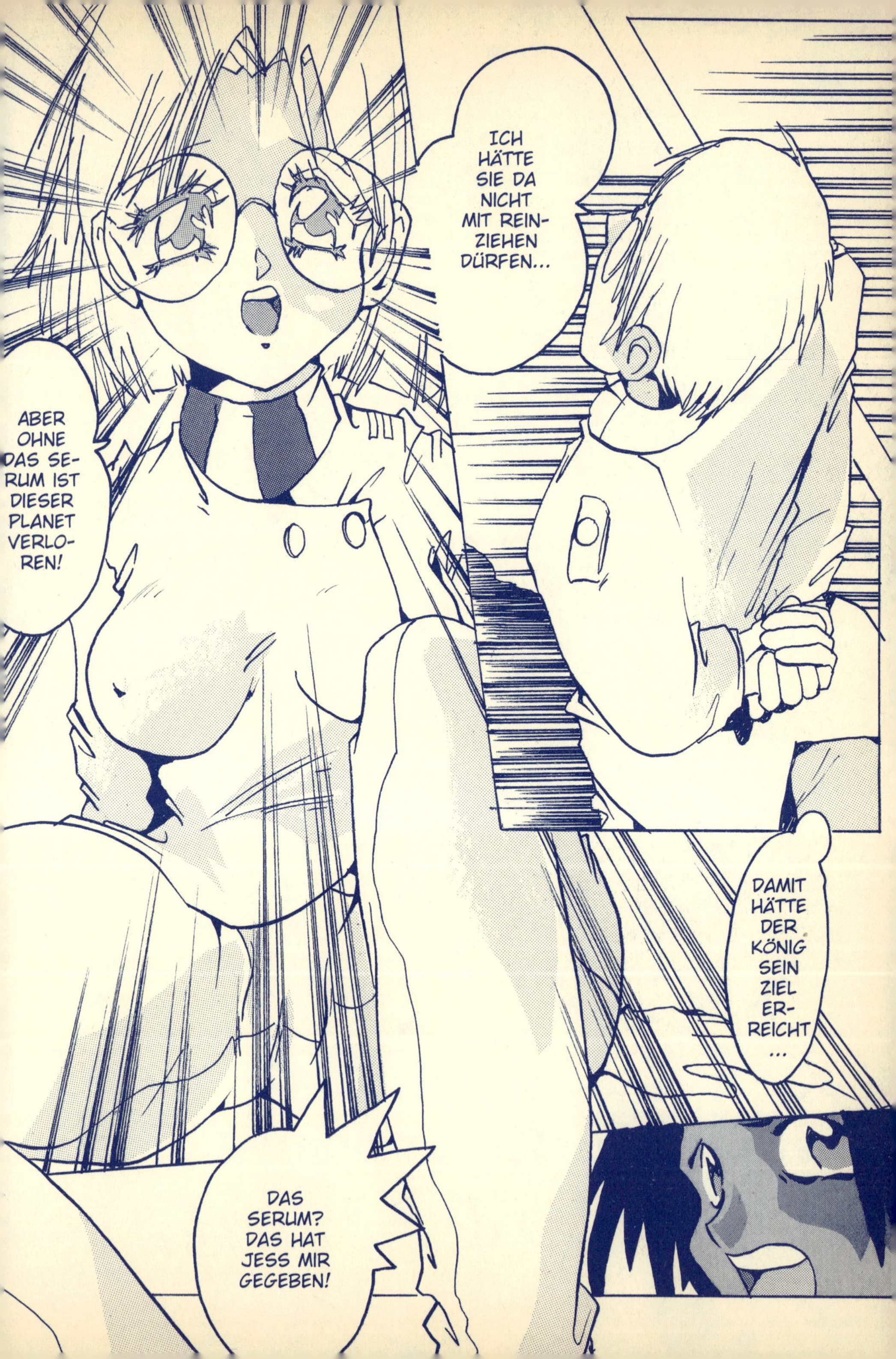
ICH HÄTTE SIE DA NICHT MIT REIN-ZIEHEN DÜRFEN...
ABER OHNE DAS SE-RUM IST DIESER PLANET VERLO-REN!
DAMIT HÄTTE DER KÖNIG SEIN ZIEL ER-REICHT ...
DAS SERUM? DAS HAT JESS MIR GEGEBEN!

IN MEINER LINKEN HOSENTASCHE...
ICH HAB'S GEFUNDEN.
ALSC TED..
ICH KANNTE SOGAR DEINEN VATER UND DEINE MUTTER.
SIE... SIE KANNTEN MEINE ELTERN?
... DEINE SCHWESTER UND ICH, WIR STANDEN SCHON SEHR LANGE IN KONTAKT. SIE HAT MIR VIEL ÜBER DICH ERZÄHLT.

WIR KÄMPFTEN GEGEN EINEN "FEIND", OHNE DASS WIR WUSSTEN, UM WAS ES TATSÄCHLICH GING.
DEIN VATER UND ICH DIENTEN VOR DEN RASSENKRIEGEN UNTER DEM BEFEHL DES KÖNIGS...
ZUSAMMEN MIT IHREN GÖTTERN, DEN DRACHEN, REGULIERTEN SIE DIE VORGÄNGE DER NATUR SEIT MILLIONEN VON JAHREN. ABER DER KÖNIG HATTE ANGST VOR IHREN KRÄFTEN UND VERBANNTE SIE AUF ABGELEGENE INSELN.
WIR NANNTEN SIE DIE "FREMDEN". BEVOR SIE IN DEN KRIEGEN VOLLSTÄNDIG AUSGELÖSCHT WURDEN...
...BESASSEN SIE UNGLAUBLICHE KRÄFTE. EINMAL SAH ICH, WIE EINER VON IHNEN EINEN GANZEN GEBÄUDEKOMPLEX IMPLODIEREN LIESS.
... UND SIE WEHRTEN SICH?

ein, aber TED's Frisur sitzt...
UND SIE? SIE UND MEIN VATER... AUF WELCHER SEITE STANDEN SIE?
JA. SO ENTSTANDEN DIE RASSENKRIEGE...
NATÜRLICH AUF DER SEITE DER WESEN.
DESHALB WURDEN WIR AUCH AUS DER ARMEE ENTLASSEN.

IN IHREM VERSTECK ERFUHR ICH VON DEM PLAN, NACH EINER EVENTUELLEN NIEDERLAGE EIN RIESIGES OBJEKT MIT C'UOH KOLLIDIEREN ZU LASSEN, UM DIE MENSCHEN ZU BESTRAFEN.
EIN RACHEAKT SOZUSAGEN...
WAS IST DER KÖNIG FÜR EIN MENSCH...? WIESO REGIERT JEMAND WIE ER UNSEREN PLANETEN?
...
DEIN VATER WURDE VOM KÖNIG EXEKUTIERT. ICH BIN UNEHRENHAFT IN DIE DÖRFER DER "FREMDEN" GEFLÜCHTET.
ABER IN DER ZEIT DANACH SPITZTE SICH DIE LAGE ZU, UND ICH HALF DEN REBELLIERENDEN "FREMDEN" BEI IHREM KAMPF GEGEN DEN KÖNIG.
IEMLICH PARA-OX, WAS? DAS ESULTAT JE-OCH IST EINE BIOLOGISCHE OMBE, DIE GE-ADEWEGS AUF 'UOH ZUSTEUERT UND NUN UF IHN STÜRZEN SOLL.
MEHR ODER WENIGER. ES SOLLTE ETWAS NATÜRLICHES, ABER DENNOCH KÜNSTLICH ERSCHAFFENES SEIN. EINE MISCHUNG AUS BEIDEM...

SIE TAUFTEN SIE...
...NATURA
CLICK
SHHHH
TOC
TOC
DAS DING SOLL UNSEREN PLANETEN ZER-STÖREN?
DER PROFESSOR DES KÖNIGS SAGTE, "NATURA" WÜRDE, KURZ ZEITIG DIE LAUFBAHN ÄNDERN...
... UND UM C'VEST HERUM AUF C'VOH STÜRZEN.
DIES GEHT ABER NUR WEIL ES KEIN ASTEROID IM EIGENTLICHEN SINNE IST.
EIN ASTEROID WÜRDE DIREKT AUF C'VOH PRALLEN ...
BUM
ABER NATURA WURDE VON (UND WIRD) DEN SEELEN DER "FREMDEN" GESTEUERT.

DESHALB DER ASTEROIDENHAGEL! ES IST SO NAH AN C'UOH, DASS TEILE DAVON IN DIE ERDATMOSPHÄRE DRINGEN...
NEIN, TED. DAS IST NICHT EINMAL EIN BRUCHTEIL VON DEM, WAS UNS BLÜHT.
MOMENTAN HAT ES DIE UNGEFÄHREN AUSMASSE EINES DER MONDE VON C'UOH. ES SCHWEBT DIREKT VOR UNSEREM PLANETEN.
... BIS ER IRGENDWANN SELBST MIT C'UOH ZUSAMMENPRALLT!
EIN RICHTIGER ASTEROIDENHAGEL WÄRE SCHLIMMER FÜR DEN GESAMTEN PLANETEN.
DIESER HIER GREIFT NUR DIE MENSCHHEIT AN.
DIE SUBSTANZ, AUS DER ES BESTEHT, IST ABSOLUT TÖDLICH FÜR MENSCHLICHES LEBEN.
JULIE, DEMONSTRIERE IHM, WAS PASSIERT...

EIN TROPFEN DER SUBSTANZ REICHT SCHON ...
PLIC
OKAY!

WIE BEI DEN METEOROIDEN-EINSCHLÄGEN IN CASCADOME, DIE ICH BEOBACHTET HABE...
WOW! ALLES, WAS ES BERÜHRT, WIRD ZU PFLAN-ZEN!
ESE BSTANZEN RSETZEN DIE NSCHLICHE HAUT SEKUNDEN. ALS SS UND DU NOCH EIN WART, HABE EUCH EINEN PFSTOFF VERAB-ICHT, DER EUCH GEN NATURA HÜTZT.
VON DIESEM STOFF EXISTIEREN NUR SEHR GERINGE MENGEN. JESS BE-SASS EINE AMPULLE MIT EINEM REST DAVON, DIE SIE MIR BRINGEN SOLLTE.
ALSO BIN ICH IMMUN GEGEN NATURA, UND MEIN ARM HAT SICH DES-HALB WIE AUS DEM NICHTS ERNEUERT? KLASSE!
A, TED. ND JETZT, O ICH DAS ERUM HABE, ANN ICH ES EPRODUZIEREN!

ICH DENKE, DURCH DIE FRÜHZEITIGE VERABREICHUNG DES SERUMS HAB IHR SOGAR MEHR ALS NUR EINE RESISTENZ GEGEN NATURA ...
WOW! DANN BIN ICH WOHL SO 'NE ART SUPERHELD?
TADAA!
NEIN, TED. DR. WEISS WILL DAS SERUM SO VIELEN MENSCHEN WIE MÖGLICH VERABREICHEN, UM SIE VOR NATURA ZU SCHÜTZEN...
... UND DANN BIST DU KEIN EINZELFALL MEHR.
BEVOR NATURA IN EIN PAAR MONATEN VON DEN SEELEN DER "FREMDEN" GESTEUERT AUF C'UOH STÜRZT, GILT ES, SIE VON IHREM PLAN ABZUBRINGEN. MILLIARDEN UNSCHULDIGER MENSCHEN WÜRDEN SONST GETÖTET WERDEN...
UND DAS BEDEUTET, WIR MÜSSEN MIT IHNEN KONTAKT AUFNEHMEN.

NUN JA... IHRE SEELEN EXISTIEREN NOCH IN EINER PARALLELDIMENSION, DIE WIEDERUM AUF NATURA ZU FINDEN IST.
ABER ALLE "FREMDEN" WURDEN AUSGEROTTET. UNS BLEIBEN NUR IHRE KRIEGSPLÄNE, EIN PAAR GERÄTE UND NATURA.
UND WAS HEISST DAS?
VERDAMMT KOMPLIZIERTE SACHE, WAS? HI, HI...
eine wuschelige Decke

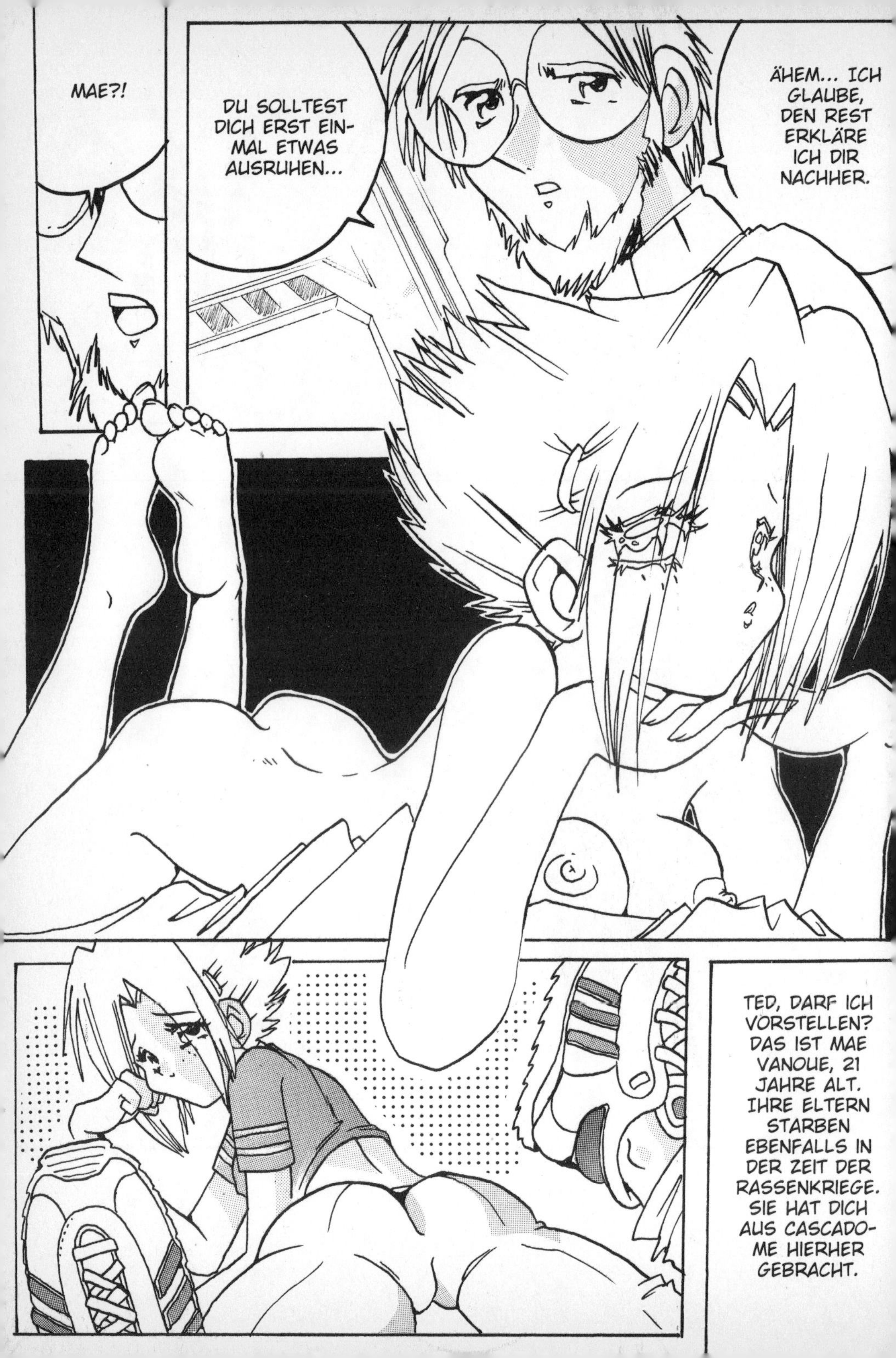
MAE?!
DU SOLLTEST DICH ERST EIN-MAL ETWAS AUSRUHEN...
ÄHEM... ICH GLAUBE, DEN REST ERKLÄRE ICH DIR NACHHER.
TED, DARF ICH VORSTELLEN? DAS IST MAE VANOUE, 21 JAHRE ALT. IHRE ELTERN STARBEN EBENFALLS IN DER ZEIT DER RASSENKRIEGE. SIE HAT DICH AUS CASCADO-ME HIERHER GEBRACHT.

...
...
IHR WERDET WOHL EINE ZEIT LANG MITEINANDER AUSKOMMEN MÜSSEN. WEGEN PLATZMANGELS TEILT IHR EUCH EIN ZIMMER.
HA, HA! ICH WETTE, IHR ZWEI WERDET EUCH BLENDEND VERSTEHEN.
MAE! ZEIG TED, WO ER SICH ANZIEHEN KANN.

OUT
GEHEN WIR?
DIESE SZENE IST YOUNG-IL SHIM GEWIDMET.
MEINST DU, TED AHNT ETWAS VON SEINER VERGANGENHEIT?
NEIN... ICH GLAUBE NICHT.
WANN SOLLEN WIR ES IHM SAGEN?
NUN... WENN DIE ZEIT REIF IST.

DIESMAL KÖNNTEN WIR ES SCHAFFEN, DIE GROSSE SCHLACHT DURCH DIE DRAGIC MASTER ABZUWENDEN.
ABER WAS, WENN ES UNS NICHT GELINGT?
DANN GNADE UNS GOTT, JILL...
... DANN GNADE UNS GOTT.

OH... WOW!
schieb!
DER GRÖSS-TE TEIL DA-VON LIEGT UNTER DER ERDE.
HIER IST UNSER ZIMMER.
DIESES GEBÄUDE IST JA ECHT GIGANTISCH...
Hier müsst ihr euch ne' typische Flash-Animation vorstellen. Ted wird dabei von rechts ins Bild geschoben
He, He

NICHT SCHLECHT, MAE...
A.I.*-WÄNDE UND -BÖDEN!
SOGAR MODUS-TV HAST DU, FÜR ALLE 3 C'UOH-KONTINENTE. BOAH!
*A.I. = ARTFICIAL INTELLIGENCE (KÜNSTLICHE INTELLIGENZ): A.I.-WÄNDE UND -BÖDEN PASSEN SICH NACH EINIGER ZEIT DEN INDIVIDUELLEN BEDÜRFNISSEN (RAUMTEMPERATUR, LÄRMDÄMMUNG ETC.) DES BEWOHNERS AN.

UND EIN „CRAZY BIRD"-VIDEOSPIEL-AUTOMAT. COOL!
DAS MUSS JA ALLES EIN VERMÖGEN GEKOSTET HABEN!
......

STIMMT'S?
ICH SAGTE: STIMMT'S?
MAE?

OH... ÄH... JA! HA, HA, HA!
STIMMT! STIMMT GANZ GENAU!
NGH!
QUETSCH!
...
ICH BIN EIN TROLL!
ÄH... ICH WERDE DIR WAS ZUM AN-ZIEHEN HOLEN...

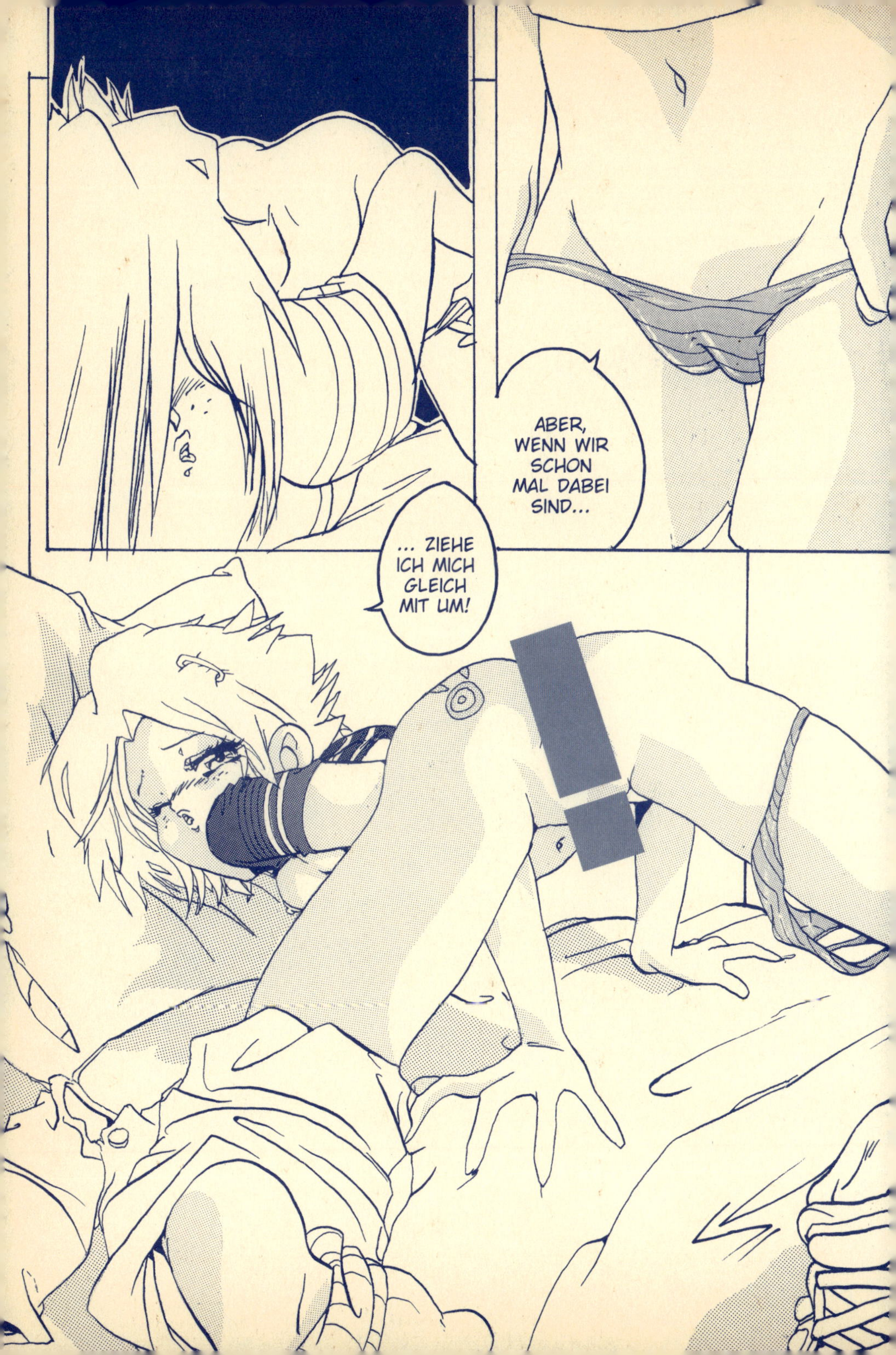
ABER, WENN WIR SCHON MAL DABEI SIND...
... ZIEHE ICH MICH GLEICH MIT UM!

MAE PIN UP no.1
KURZER ZWISCHEN MANGA
OH. MMH... AHA. JA SOWAS MÖGEN DIE LESER.
GOTT! KIND! SOWAS KANNSTE DIR DOCH NICHT AN-SCHAUN! DAS IST DOCH PERVERS!
DOCH DANN...
HYSTERISCHE MUTTER
DAS IST DOCH FRAUEN FEINDLICH!
SOWAS MUSS DOCH VERBOTEN WERDEN!
SCHÄMEN SOLLTEST DU DICH MEIN KIND!
FRÜHER HAM' WA SOWAS VERBRANNT!
GANZ BÖSE BIST DU!
BÖSES KIND
KEINE ANGST. DER WILL NUR SPIELEN.
CRUNCH
END

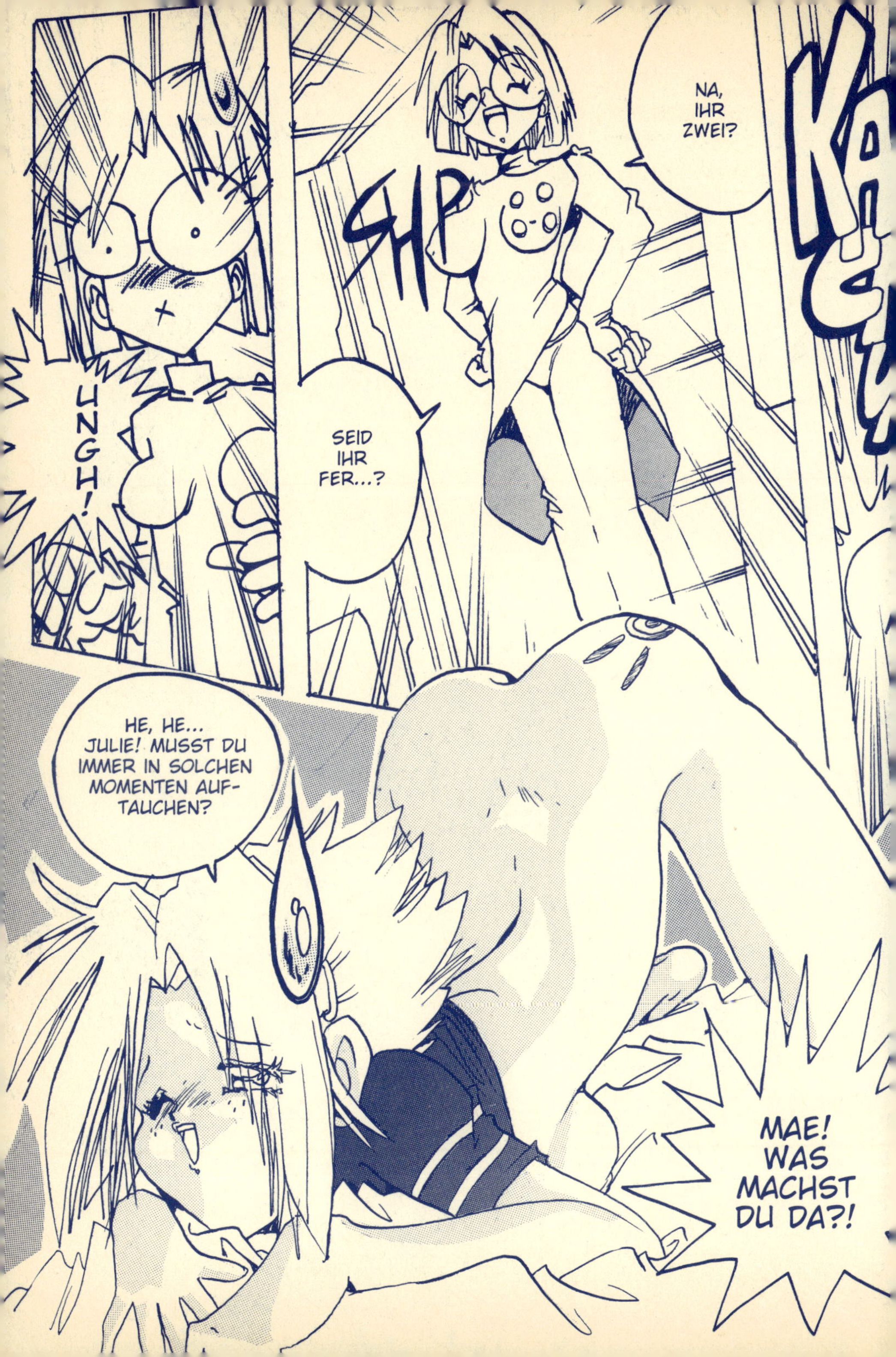
NA, IHR ZWEI?
SHP
SEID IHR FER...?
UNGH!
MAE! WAS MACHST DU DA?!
HE, HE... JULIE! MUSST DU IMMER IN SOLCHEN MOMENTEN AUF-TAUCHEN?

MAE! KANN MAN DICH NICHT MAL FÜR 10 MINUTEN AUS DEN AUGEN LASSEN?
HIER, TED! ZIEH DAS AN!
UND DU, MAE... ZIEH DICH GEFÄLLIGST AUCH AN!
ICH WILL EUCH IN EINER STUNDE IN DR. WEISS' LABOR SEHEN.
CLICK!
...

IRGENDWIE SPINNT SIE JA...
WAS FÜR EIN SELTSAMES MÄDCHEN. SIE ERINNERT MICH AN JEMANDEN... ABER AN WEN?
ICH HALTE SIE SOGAR FÜR LEICHT VERRÜCKT ... HE, HE, HE.

H!
HAB ICH DIR ERLAUBT, HIERHIN ZU GUCKEN, DU PERVERSER SPANNER?!
ARSCH!
ABER ICH GLAUBE, GENAU DAS GEFÄLLT MIR AN IHR!

EURE MAJESTÄT ... ICH STÖRE SIE NUR ÄUSSERST UNGERN, ABER...
WAS GIBT ES DENN SO WICHTIGES?!

NA, NA, NA, KÖNIG MAHA-MOOTH!
BEGRÜSST MAN SO ETWA SEINE GEHEIM-WAFFE?
KEKEE?!

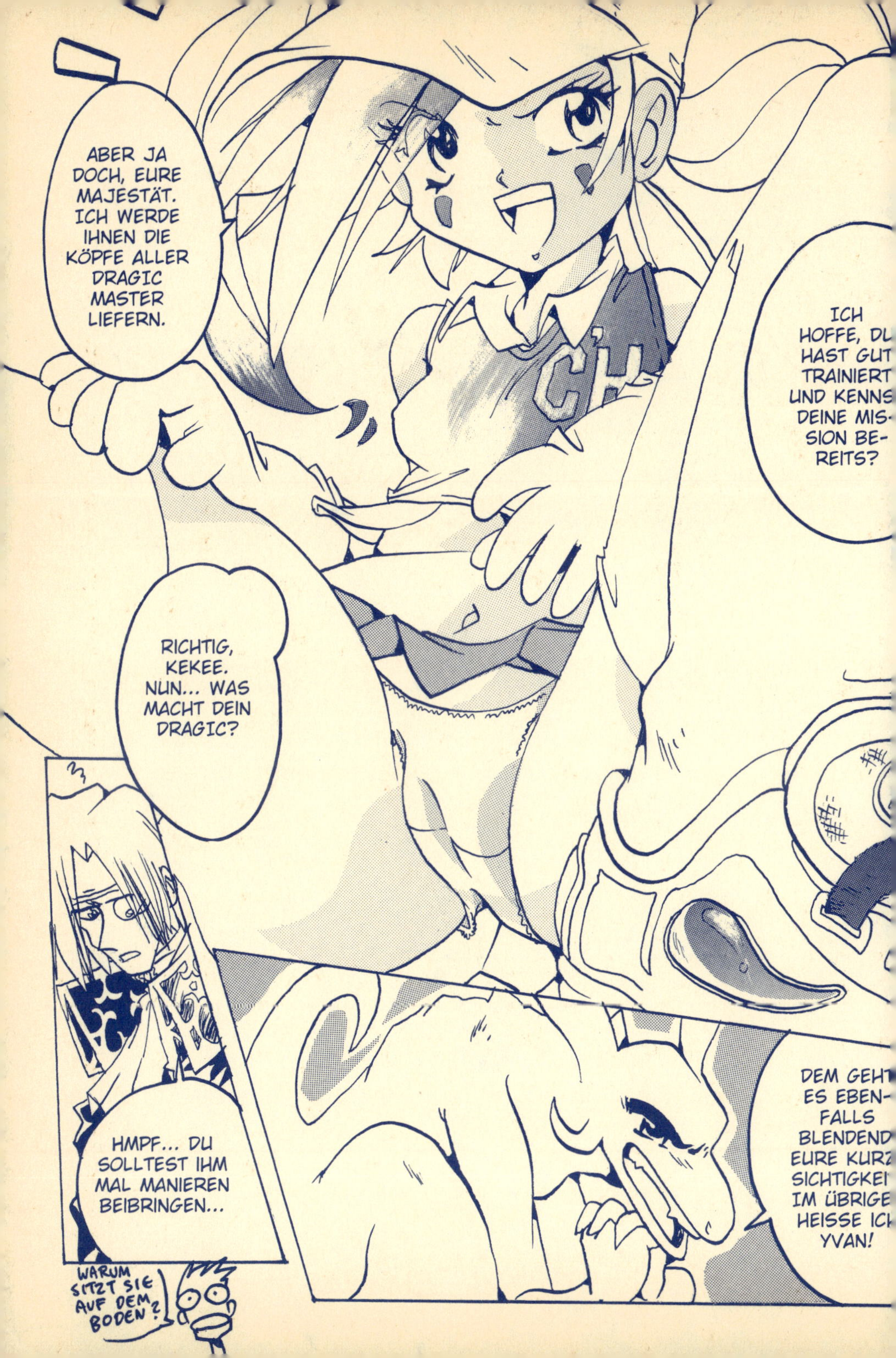
ICH HOFFE, DU HAST GUT TRAINIERT UND KENNS DEINE MIS-SION BE-REITS?
ABER JA DOCH, EURE MAJESTÄT. ICH WERDE IHNEN DIE KÖPFE ALLER DRAGIC MASTER LIEFERN.
RICHTIG, KEKEE. NUN... WAS MACHT DEIN DRAGIC?
DEM GEHT ES EBEN-FALLS BLENDEND EURE KURZ SICHTIGKEI IM ÜBRIGE HEISSE ICH YVAN!
HMPF... DU SOLLTEST IHM MAL MANIEREN BEIBRINGEN...
WARUM SITZT SIE AUF DEM BODEN?

HE, HE. ICH KENNE DEINEN LEBENSLAUF BIS INS LETZTE DETAIL.
AAAH... KEKEE MC QUEEN... 16 JAHRE ALT... ABSCHLUSS AN DER C'UOH HIGH MIT ACHT JAHREN UND KAMPFAUSBILDUNG AN DER ELITEUNIVERSITÄT DES KÖNIGS IN FECHTEN UND REMOTE VIEWING MIT 11.
UNTER 160 TESTPERSONEN WARST DU DIEJENIGE...
... DIE SICH FÜR EINEN DRAGIC MASTER QUALIFIZIERTE.

PROFESSOR SEEN! WAS FÜHRT SIE ZU MIR?
ES GIBT NEUIGKEITEN VOM FEIND, EURE MAJES-TÄT.
UND DIE WÄREN?
JESS SUNZAI, DIE GÖRE MIT DEM SERUM... SIE HAT EINEN BRUDER.
SIE HAT WAS ?!

WARUM HABT IHR NICHTS BEMERKT?
EURE AJESTÄT ...!
CHUNK!
ICH DENKE NICHT, DASS ES ETWAS AN DER TATSACHE ENDERT, DASS DR. EISS NUN BEREITS WEI DRAGIC MASTER BESITZT.

KOMMEN SIE! DER PROFESSOR HAT RECHT. WIR HABEN WICHTIGERES ZU TUN.
UNSERE ZIELE, DIE ES ZU ELIMINIEREN GILT, SIND DEMNACH MAE VANOUE UND TED SUNZAI.

JA, KOMM SCHON...
NOCH EIN BISSCHEN... YEAH!
BLAM! BLAM! BLAM! HA! DER HAT GESESSEN!
ÄH...
TED?
ICH UNTERBRECHE DICH JA NUR ÄUSSERST UNGERN...

NICHT JETZT, MAE.
MEIN BIRD HAT GLEICH DIE VERBOTENE WELT VERLASSEN UND BEKOMMT DANN 'NE NEUE A.I.-STUFE.
AHA! SCHÖN...
click click click
MIT NEUER A.I. KANN ICH DANN AUCH IN DIE NEUEN MISSIONEN UND...
SCHÖN, SCHÖN...
JETZT HÖR ENDLICH MIT DEM SCHEISS AUF!
AAAH!

DU... DU HAST IHN GETÖTET.
ARGH!
SHP!
DR. WEISS HASST UNPÜNKTLICHKEIT, TED.
GAME OVER

HAUS
HERE
WUNDER DICH NICHT. ICH SAGTE JA, VIELES LIEGT HIER UNTERIRDISCH. DER HAUPTEINGANG IST DAS FACHWERKHAUS AN DER OBERFLÄCHE. ABER JETZT FAHREN WIR 3 KILOMETER IN DIE TIEFE.
DAS GANZE WAR EINMAL EINE VERTEIDI-GUNGSANLAGE DER FREMDEN.
DR. WEISS HAT FAST 20 JAHRE FÜR DEN UMBAU BENÖTIGT. ER WAR DER EIN-ZIGE, DER DEN GEHEI-MEN PLAN DER WESEN KANNTE.
.....
AH - HA, HA, HA, HA, HA

WAS GIBT'S DA ZU LACHEN?
HA, HA, HA, HA, HA HA!
TED! WAS SOLL DAS ?!
JA, MAE... WAS SOLL DAS?
WARUM MUSSTE JESS TERBEN? VARUM?!
WAS SOLL DAS ALLES ?!
ICH LÄGE JETZT EIGENTLICH AUF IRGENDEINER SÜDSEEINSEL...
STATT-DESSEN WERDE ICH IN EINE WELT VOLLER NEU-ER DINGE GE-WORFEN.
MICH BER-ASCHT , DASS H ERST TZT SO AGIERE.

TED... WARUM DEINE SCHWESTER STERBEN MUSSTE, WEISS ICH NICHT. VIELLEICHT HATTE DER KÖNIG SEINE FINGER IM SPIEL?
ABER EINS WEISS ICH GANZ GENAU...
WENN DU JETZT NOCH AN DER WELT ZWEIFELST, WIRST DU IRGENDWANN KEINEN GRUND MEHR DAZU HABEN...
... WEIL SIE DANN NICHT MEHR EXISTIERT!
CHUNK!
BILING!
FORSCHUNGSSTATION! BITTE ALLES AUSSTEIGEN!

SIEH DER WAHRHEIT INS GESICHT, TED!
JESS IST VERGANGEN-HEIT.
S SCHICKSAL NNT NUN MAL EIDER KEINE REGELN!

DAS, TED, IST DIE WOHL GEWALTIGSTE ANSAMMLUNG VON ENERGIE AUF C'UOH.
011707
011707
EINE BÜNDELUNG DER GESAMTEN KRAFT DES PLANETENKERNS. DIESER GENERATOR ERZEUGT SO VIEL ENERGIE WIE 100.000 NUKLEAR-BOMBEN.
WIR NENNEN ES LIEBEVOLL „GLÜHBIRNE".

ER PLASMASTRAHL RMÖGLICHT ES UNS, DIE TRANSPORT-KAPSELN IN 30 ETER HÖHE DIREKT AN DIE LEITUNG ZU OPPELN, UND ZWAR MAGNETISCH.
SEINE KRAFT BEZIEHT ES AUS DEN MAGMA-STRÖMEN IN EINIGEN TAUSEND KILOMETERN TIEFE. DORT LÄUFT DAS FLÜSSIGE MAGMA DURCH RUND 10.000 TURBINEN MIT CRO'ON-BESCHICHTUNG, DEM STÄRKSTEN METALL, DAS AUF C'UOH EXISTIERT. EINE ZUSÄTZLICHE VERBINDUNG NIMMT DEN GASDRUCK AUF UND LIEFERT SO VIEL STROM, DAS WIR EINEN GANZEN KONTINENT ÜBER 400 JAHRE LANG VERSORGEN KÖNNTEN. LETZTENDLICH BÜNDELT SICH DIE GESAMTE ENERGIE IN ETWA 3 MILLIONEN KLEINEN PLASMASPULEN, DIE ZUSAMMEN EINE GROSSE SPULE ERGEBEN. DORT ANGEKOMMEN, SCHIESST DAS ERZEUGTE PLASMA EINIGE KILOMETER IN DIE HÖHE UND WIRD ERST UNMITTELBAR VOR DER DECKE DES GEBÄUDES DURCH EINE 20 METER DICKE CRO'ON-PLATTE STABILISIERT.
BRUZEL!
MIT PLASMA VERHÜLLTER CRO'ON RING
TRANSPORT KAPSELN
PLASMA
GASLEITUNG
HAUPT SPULE
PLASMA SPULEN
OBERFLÄCHE
VENTILE
TURBINEN
MAGMA
SIE SCHWEBEN ALSO PRAKTISCH AM STRAHL ENTLANG.
WIR KÖNNEN DADURCH KONTAKT MIT DEN FREMDEN AUFNEHMEN!
TRANSPORT-KAPSELN? PLASMA? SCHÖN UND GUT...
ABER WOFÜR BRAUCHEN SIE DAS ALLES?

DU MUSST DIR VORSTELLEN, SIE LEBEN IN EINEM BEGRENZT DEHNBAREN KÄFIG IN DER 4. DIMENSION AUF NATURA.
4 DIMENSION
4 DIMENSION [NATURA]
3 DIMENSION
WENN NATURA AUF C'UOH PRALLT, WERDEN DER „KÄFIG" UND DIE 4. DIMENSION WIEDER VERSCHMELZEN UND ZUSAMMEN MIT ALLEN MENSCHLICHEN SEELEN EINE NEUE WELT ERGEBEN.
DIE SEELEN DER FREMDEN EXISTIEREN NÄMLICH NOCH, ABER NUR IN DER 4. DIMENSION.
IN DER REGEL IST DIE 4. DIMENSION ALLGEGENWÄRTIG UND KENNT WEDER RAUM NOCH ZEIT. AUF NATURA HABEN SICH DIE FREMDEN ABER EINEN RAUM INNERHALB DER DIMENSION GEBAUT.
MIT PLASMA?
JA.
DAS PLASMA ERLAUBT ES UNS, IN DIE 4. DIMENSION AUF NATURA ZU GELANGEN.
DER RIESIGE GENERATOR IST EIN RELIKT DER FREMDEN, WELCHES EINST DAZU DIENTE, PLANETEN IN IHRER UMLAUFBAHN ZU KOORDINIEREN. WIR HABEN ES... ÄHEM... EIN WENIG MODIFIZIERT.
UFF! EINE WELT IN EINER WELT, DIE AUF EINE WELT PRALLT, UM EINE NEUE WELT ZU ERSCHAFFEN?! MIR WIRD RICHTIG SCHWINDELIG.
TACH!

WIR WISSEN NICHT, WORAN ES LIEGT, VERMUTEN ABER, ES HAT DAMIT ZU TUN, DASS DIE FREMDEN EIN SICHERHEITSSYSTEM EINGEBAUT HABEN.
WAHRSCHEINLICH HATTEN SIE ANGST, DIE „GLÜHBIRNE" KÖNNTE IN DIE FALSCHEN HÄNDE GERATEN.
JA. SIE HABEN MIR ZWAR DIESE ENERGIEQUELLE ÜBERLASSEN, ABER MIR GELINGT ES NICHT, MENSCHEN IN DIE 4. DIMENSION ZU SCHLEUSEN, OHNE DASS SIE ZU DRAGIC MASTERS WERDEN.
UND GENAU DAS IST DER HAKEN AN DER SACHE.
DIE WELT AUF NATURA IST RIESIG UND MAE HAT BISHER GERADE EINMAL 2 % ANNÄHERND ERFORSCHT. UNS MANGELTE ES AN GEEIGNETEN KRIEGERN MIT DEM... RICHTIGEN POTENZIAL.
WINK!
... DIE DANN PRAKTISCH IN DIE ROLLE EINES DRAGIC MASTERS SCHLÜPFEN, JA GENAU.
MOMENT MAL?! HEISST DAS ETWA, SIE SCHIESSEN MENSCHEN DA RAUF?

ABER JETZT BIST DU JA DA.
MAE IST EIN DRAGIC MASTER?! BOAH! ICH HABE IN DER SCHULE MAL WAS ÜBER DIE DRAGIC MASTER GEHÖRT. FREMDE, DIE MIT IHREN DRACHEN DIE NATUR REGULIEREN...
EINEN MOMENT MAL...!
WAS SOLL DAS HEISSEN? WOLLEN SIE MICH AUCH DA RAUF-SCHIESSEN?
sieht das doof aus!
NA KLASSE!
HAR!

DR. WEISS, WIR WÄREN DANN SO WEIT. ALLE SYSTEME STARTKLAR.
NA ENDLICH, MANN! DACHTE SCHON, ICH MÜSSTE HIER ÜBERNACHTEN.
EY, DOC. LES KLAR O WEIT?
AAAAH! EIN SPRECHENDES MONSTER AUS DEM ALL! WIR SIND VERLOREN!
EIN BISSCHEN MEHR RESPEKT, WENN ICH BITTEN DARF!
CHREI ICH ER ETWA IM, ODER WAS?!

HEY!
PIEKS!
UND MEIN NAME IST ZEFF. ICH BIN WEDER EIN MONSTER, NOCH EIN AUSSERIRDI-SCHER.
ICH BIN E DRAG
WIE KOM ES, DAS DU HIER AUF C'UC BIST UN NICHT AL NATURA
WIR DRAGICS KÖHÖNNEN DURCH DIE DIMENSIOOO-NEN WAN-DERN!
ECHT? EINFACH SO? SCHWUPPS, HIN UND HER? OHNE DAS GANZE ENERGIE-GEDÖNS DA VORNE? COOL!

!
HÄ, HÄ, HÄ! WIR SEHEN UNS AUF NATURA, KLEINER.
UND, TED...? WAS MEINST DU? BIST DU BEREIT, ALS DRAGIC MASTER UNSEREN PLANETEN ZU VERTEIDIGEN?
JA... ABER EINS MÜSSEN SIE MIR VERRATEN.
DEINE SCHWESTER WAR AUCH URSPRÜNGLICH HIERFÜR VORGESEHEN.
WARUM GERADE ICH?
NUN, SAGEN WIR EINFACH... WIR WISSEN, DASS DU ES SCHAFFEN WIRST.
MIST. ICH HABE KEINE RASTERFOLIE MIT DIESER COOLEN "DUNKEL IN HELL" VERLAUFENDEN RASTERUNG MEHR BEKOMMEN.

WAS?! JESS?! JESS SOLLTE EIN DRAGIC MASTER WERDEN?!
HEY, LEUTE! SCHAUT EUCH DAS MAL AN!
... WURDEN HEUTE OPFER EINES TRAGISCHEN FLUGZEUGABSTURZES. DER ERST KÜRZLICH EINGEWEIHTE KÖNIGLICHE NORD-AIRPORT...
HÖ?

DAS [W]AREN DIE [RI]CHTER DES [K]ÖNIGS!
... WURDE SCHAUPLATZ EINES UNGLÜCKS, ALS SICH GEGEN MITTAG BEIM START EINES SO GENANNTEN AE 278-B, EINER REISEMASCHINE FÜR BIS ZU 500 PASSAGIERE...
... DAS FLUGZEUG IN EINEN FEUERBALL VERWANDELTE UND IN DER LUFT EXPLODIERTE. EXPERTEN GEHEN DAVON AUS, DASS ES SICH UM EINEN ANSCHLAG HANDELT, DA MAN SPUREN VON EXPLOSIVEN SUBSTANZEN FAND, DIE NICHT FÜR DEN BAU DIESES FLUGZEUGTYPS VERWANDT WERDEN.
WIE DEM AUCH SEI... DIE ZEIT RENNT UNS DAVON. BEGEBT EUCH BITTE IN DIE DESINFEKTIONSKAMMERN.
DESIN... WAS?
ICH DENKE, ER HATTE SICH ERHOFFT, DAS SERUM ZU VERNICHTEN. ABER ER WUSSTE NICHT, DASS DU IHR BRUDER BIST. EINS ZU NULL FÜR UNS.
ABER WAS FÜR EINEN NUTZEN HÄTTE DER KÖNIG DAVON?

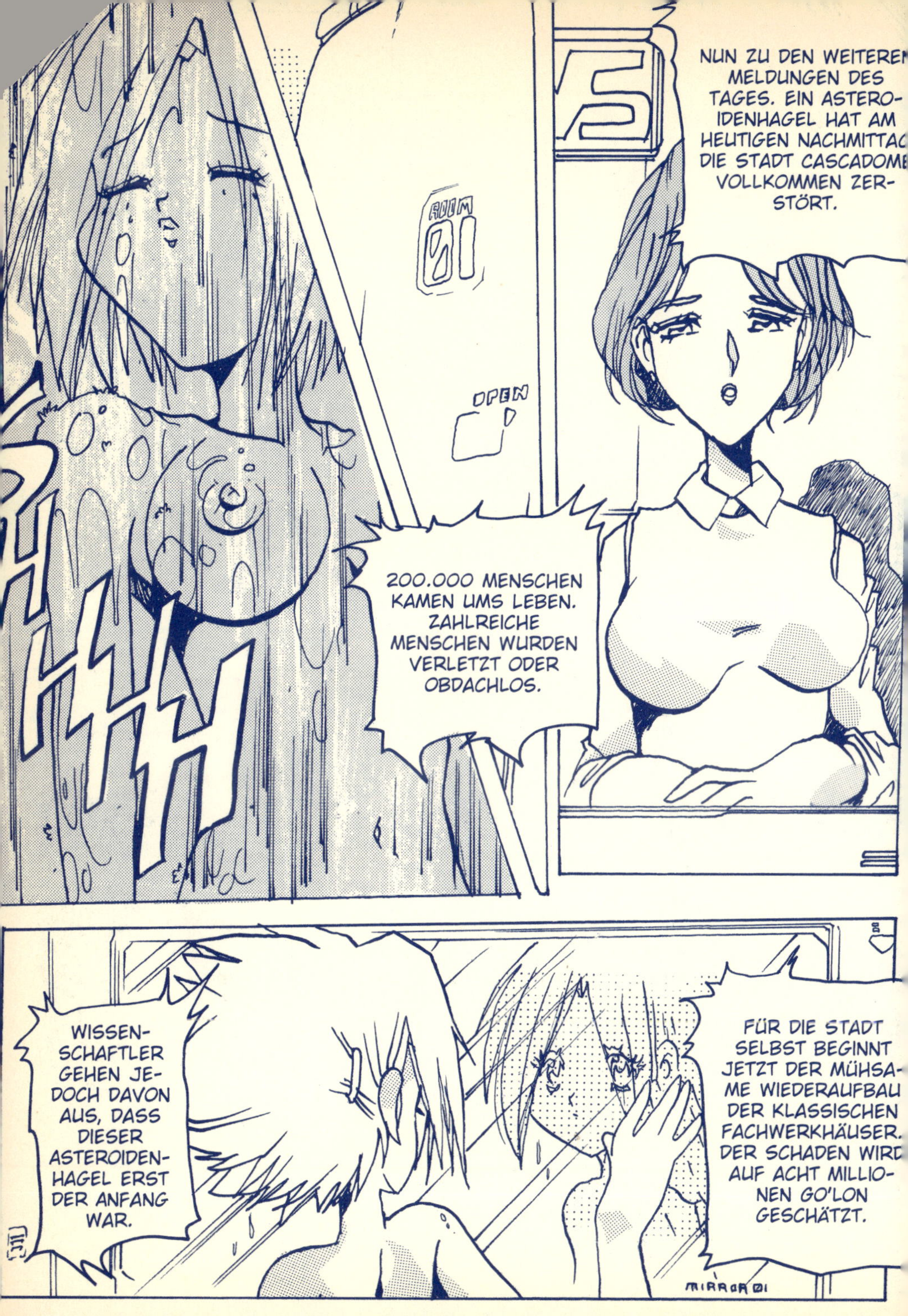
NUN ZU DEN WEITERE
MELDUNGEN DES TAGES. EIN ASTERO-IDENHAGEL HAT AM HEUTIGEN NACHMITTA DIE STADT CASCADOME VOLLKOMMEN ZER-STÖRT.
ROOM 01
OPEN
200.000 MENSCHEN KAMEN UMS LEBEN. ZAHLREICHE MENSCHEN WURDEN VERLETZT ODER OBDACHLOS.
FÜR DIE STADT SELBST BEGINNT JETZT DER MÜHSA-ME WIEDERAUFBAU DER KLASSISCHEN FACHWERKHÄUSER. DER SCHADEN WIRD AUF ACHT MILLIO-NEN GO'LON GESCHÄTZT.
WISSEN-SCHAFTLER GEHEN JE-DOCH DAVON AUS, DASS DIESER ASTEROIDEN-HAGEL ERST DER ANFANG WAR.
MIRROR 01

VON ZAH ASTRONOI ALLER WURDE OBJEKT I ALL AUSGEMACHT, DAS SICH GEMÄCHLICH AUF C'UOH ZUBEWEGT.
TED... ERINNERE DICH... VERSUCH DICH ZU ERINNERN...
IN EINIGEN MONATEN DÜRFTE ES MIT C'UOH KOLLIDIEREN UND JEGLICHES LEBEN AUF DIESEM PLANETEN ZERSTÖREN.
... BITTE!
FÜR ALLE DIEJENIGEN, DIE SICH NICHT SICHER SIND, WURDEN PROVISORICHE SCHUTZBUNKER ALLEN WÄLDERN AUF ST-C'UOH ERRICHTET.

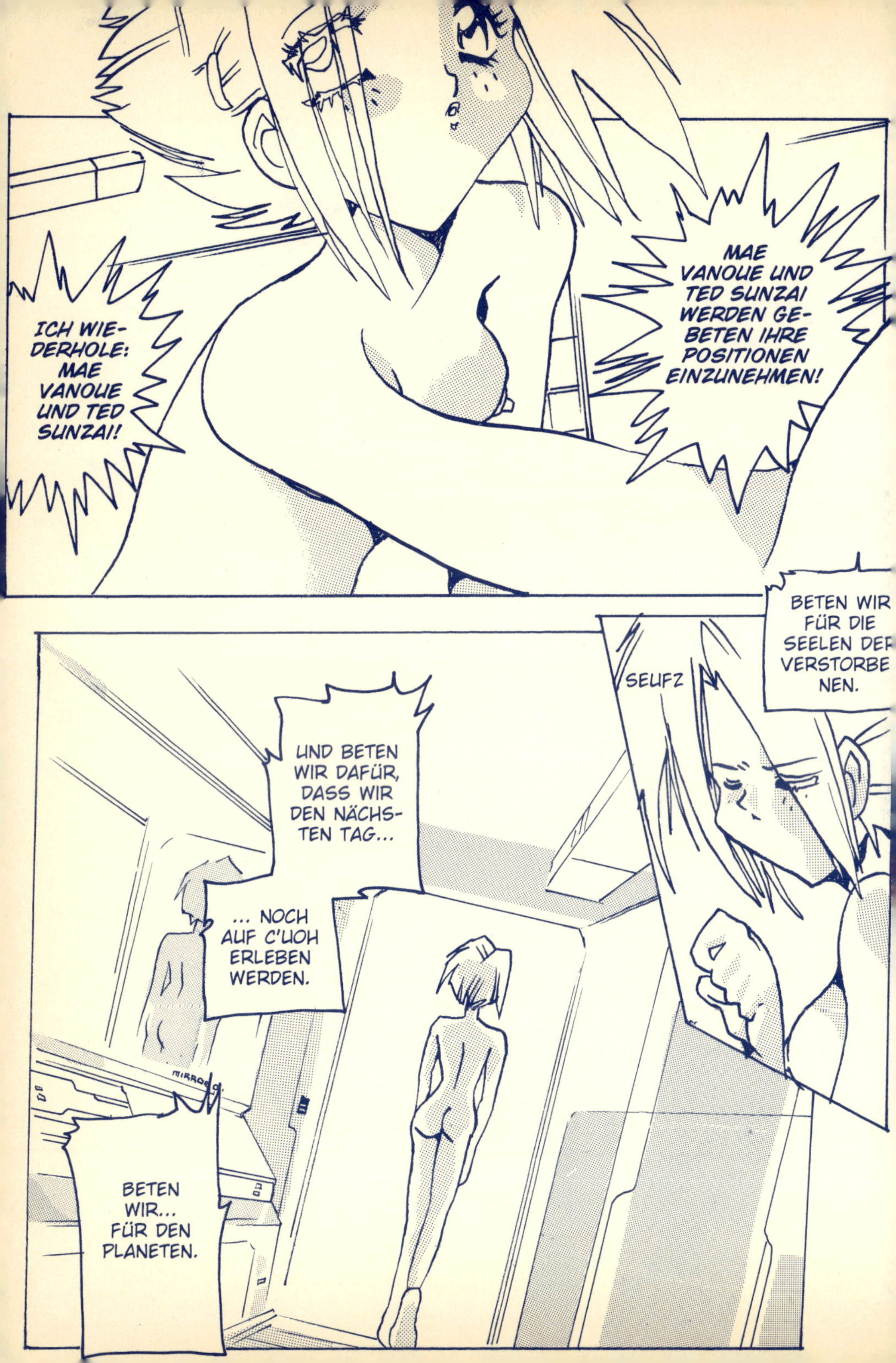
MAE VANOUE UND TED SUNZAI WERDEN GEBETEN IHRE POSITIONEN EINZUNEHMEN!
ICH WIEDERHOLE: MAE VANOUE UND TED SUNZAI!
BETEN WIR FÜR DIE SEELEN DER VERSTORBENEN.
SEUFZ
UND BETEN WIR DAFÜR, DASS WIR DEN NÄCHSTEN TAG...
... NOCH AUF C'UOH ERLEBEN WERDEN.
BETEN WIR... FÜR DEN PLANETEN.

GERADE EBEN ERREICHT UNS NOCH EINE LETZTE MELDUNG...
ALLEM ANSCHEIN NACH HAT SICH EINE REBELLEN-GRUPPE AUS DEN RASSEN-KRIEGEN DAZU ENT-SCHLOSSEN...
... DIESES OBJEKT ZU ZERSTÖREN UND C'UOH ZU RETTEN.

SLIP!
WIR SOLLTEN DEN UNBEKANNTEN KRIEGERN DAFÜR DANKEN, SICH FÜR UNSER ALLER LEBEN EINZUSETZEN UND DAS SCHICKSAL VON UNS ABZUWENDEN.
shp
DIESE NACHRICH IST FÜR EUCH, LIEBE BESCHÜT ZER...
PASST AUF EUCH AUF!
shp

EIN LETZTER AUFRUF! TED SUNZAI UND MAE VANOUE! BITTE BEGEBEN SIE SICH SCHNELLSTENS AN IHRE POSITION!
DIE HERZEN ALLER MENSCHEN WERDEN BEI EUCH SEIN.
NIIUU NIIUU
" RASTERFOLIEN SPAR-ALARM

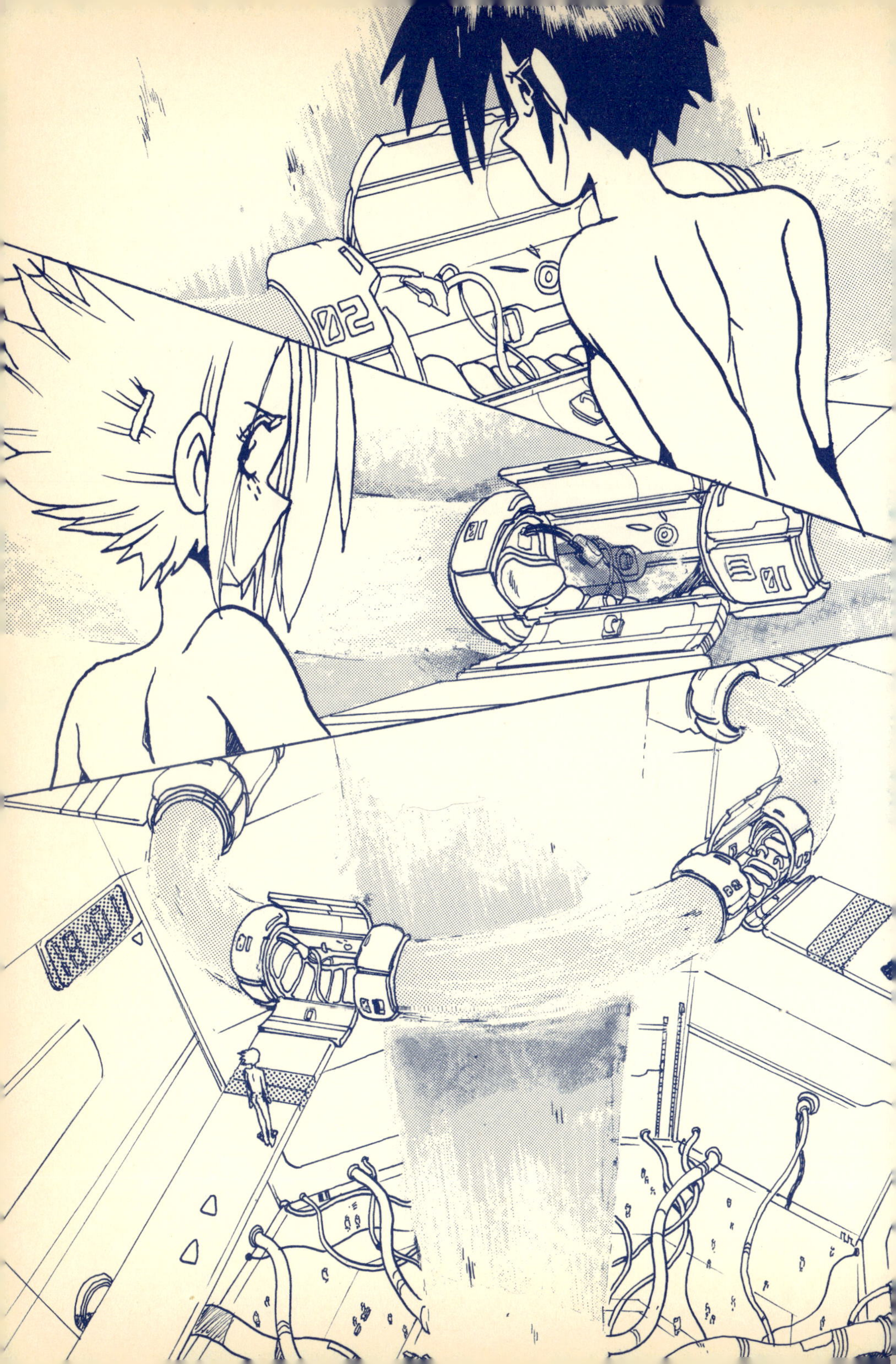

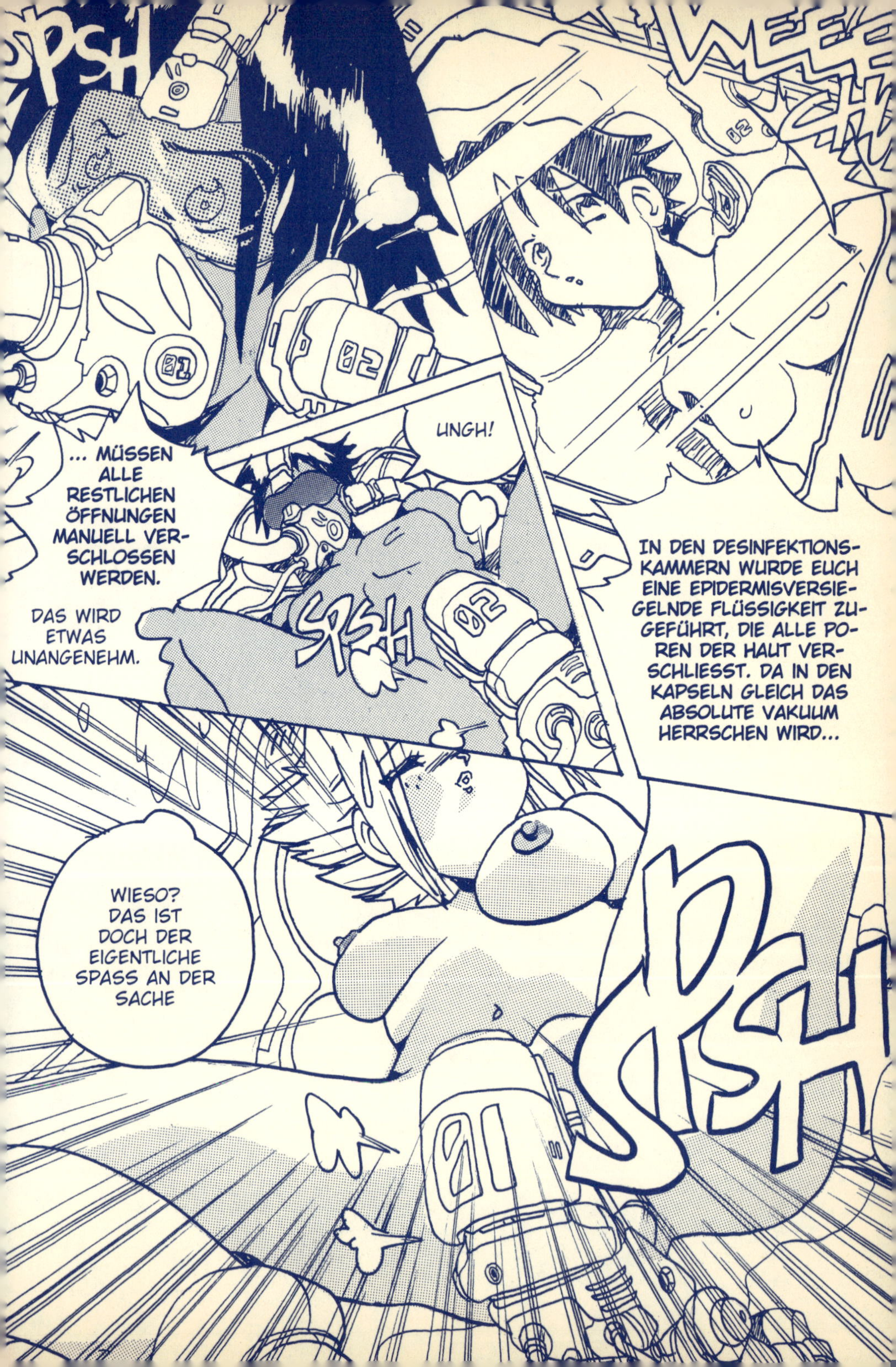
IN DEN DESINFEKTIONS-KAMMERN WURDE EUCH EINE EPIDERMISVERSIEGELNDE FLÜSSIGKEIT ZUGEFÜHRT, DIE ALLE POREN DER HAUT VERSCHLIESST. DA IN DEN KAPSELN GLEICH DAS ABSOLUTE VAKUUM HERRSCHEN WIRD...
... MÜSSEN ALLE RESTLICHEN ÖFFNUNGEN MANUELL VERSCHLOSSEN WERDEN.
DAS WIRD ETWAS UNANGENEHM.
UNGH!
SPSH
WIESO? DAS IST DOCH DER EIGENTLICHE SPASS AN DER SACHE

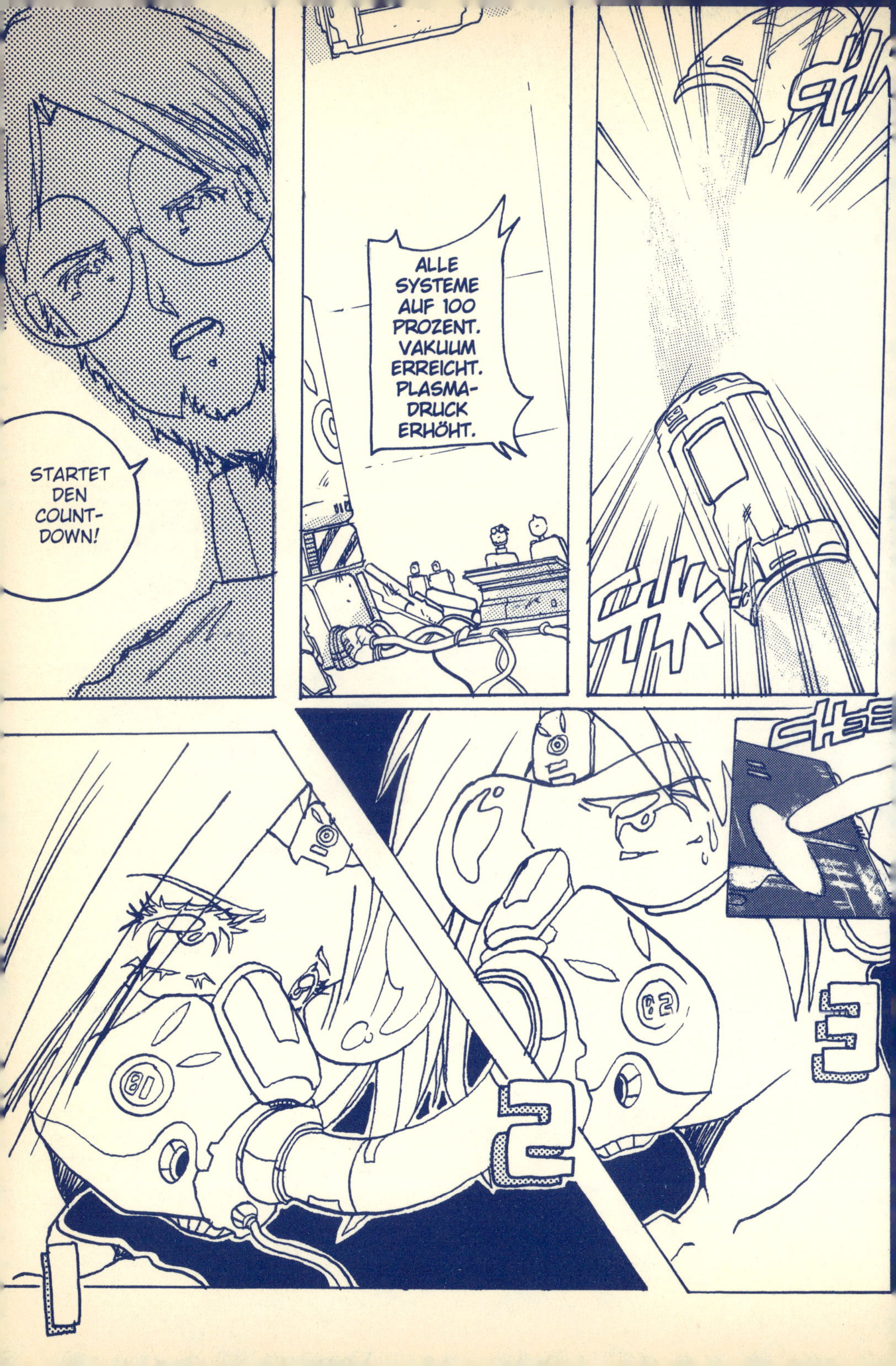
STARTET DEN COUNTDOWN!
ALLE SYSTEME AUF 100 PROZENT. VAKUUM ERREICHT. PLASMA-DRUCK ERHÖHT.
1
2
3

DR
WEIS
ER HAT ES SCHON WIEDE GETAN! DIESE VERFLUCHTE MISTKERL SCHICKT DRAG MASTER AU NATURA.
WENN SIE WOLLEN, REISE ICH DIREKT HINTERHER.
ICH BITTE DARUM, KEKEE!

?!
NA, KLEINER? HAST DU DICH SCHON AN DEIN NEUES OUTFIT GEWÖHNT?

ILL- MMEN AUF TURA, MEIN EUND.
WORAN BIST DU ANGEKETTET?
NA, AN DICH! WORAN DENN SONST? HAR, HAR!
ARGH!
HAT MAN DIR DAS NICHT GESAGT? DAS IST EINE DER REGELN FÜR DRA-GIC MASTER AUF NATURA. MASTER UND DRAGIC SIND SOMIT NIEMALS GETRENNT.
ABER GLAUB JA NICHT, DASS ICH DAVON BEGEISTERT BIN!
EIN FRÜHERER STER WAR MAE. CH HAB KEINEN OCK AUF EINEN EUEN MASTER, SO LASS MICH IN HE, DANN WERDE UCH ICH DICH IN RUHE LASSEN! KAPIERT?

KAPIER
NA, DANN IST JA ALLES BESTENS.
OH, DA SEID IHR JA!

WUNDERE DICH NICHT ÜBER MEINE KLEIDUNG.
SEIT DR. WEISS HERAUSGEFUNDEN HAT, WIE MAN DAS OUTFIT DIGITAL MANIPULIEREN KANN, HAT ER NIX BESSERES ZU TUN ALS MIR STÄNDIG ANDERE KLAMOTTEN ZU VERPASSEN.
FTEN ENT- EIDENDER EUTUNG , UM DIE T VOR DEM ERGANG ZU AHREN
TED, DAS IST ÜBRIGENS RINA.
SEHR ERFREUT.

SO, NACHDEM WIR UNS ALLE SO NETT KEN-NEN GELERNT HABEN, KÖNNEN WIR DOCH GETROST NATURA ER-FORSCHEN, UM DIESE FREMDEN ZU FINDEN.
SNIFF
NIFF
DAS HABE ICH GEHÖRT.
MACH DIR NICHTS DRAUS, TED. ZEFF IST MANCHMAL ETWAS STUR. DU MUSST IHM NUR ETWAS ZEIT GEBEN. GLAUB MIR, MAE IST AUCH NICHT VIEL BESSER.
WAS DENN, WAS DENN? SAGTE ICH „MAE"? ICH MEINTE NATÜRLICH... ÄH... „HEY"... HEY, IST DAS ALLES TOLL HIER. HÄ, HÄ, HÄ...
SCH
SO HA
ICH M
DAS NI
VORG
STELL

WARTET MAL! HÖRT IHR DAS AUCH?
DAS KAM VON DA HINTEN AUS DEM WALD... ZEFF! IST ALLES IN ORDNUNG?

NEIN...
... DAS WAR ETWAS VIEL, VIEL GRÖS-SERES!
DAS WAR EIN TYRANNO-SAURUS!
LOS, LOS! BLEIBT ALLE IN DECKUNG! VERSTECKT EUCH HINTER DEN HOLZSTÄMMEN!

ROAHK
CRUSH
CRUCK

HIER AUF NATURA IST EBEN SO MANCHES SELTSAM!
AUFGEREGT ROAR!
ABER DARAN GEWÖHNT MAN SICH SCHNELL.
EXAKT!
SOLL DAS EIN WITZ SEIN?!
STOMP

TSCHILP!
TSCHILP!

TSCHILP?
HABEN WIR NICHT?! OH, MEIN GOTT! LOS, ALLE ZURÜCK INS FLUG-ZEUG!
WIR HABEN AUCH KEIN FLUGZEUG ...
VERDAMMT! WER HATTE ZULETZT DAS SATELLITEN-TELEFON?
TED! WIR HABEN D GAR KE SATELLIT TELEFO
DU HAST SIE DOCH NICHT MEHR ALLE!
PSSST... SEID ALLE GANZ LEISE! WENN WIR UNS NICHT BEWEGEN, SIEHT ER UNS NICHT!

NEHMT DIE BEINE IN DIE HAND UND LAUFT!
TSCHiLP!
TSCHiLP
ICH DENKE,
AS WIRD UNS
NICHT SEHR
IEL NÜTZEN.
TSCHiLP

Fortsetzung folgt.

KLEINER BOOM MANGA
LIEBE "CRAZY BIRD"-AUTOMATENHERSTELLER ...
ICH ERKLÄRE MICH HIERMIT FREIWILLIG BEREIT, ALLE IHRE NEUEN "CRAZY BIRD"-VIDEOSPIELE AUF SPASS UND ACTION ZU TESTEN.
ICH WEISS, DASS ICH MICH FÜR EIN SCHWERES LOS ENTSCHEIDE UND WÜRDE MICH DESWEGEN SCHON MIT EINER SUMME VON...
...30.000 GOL'ON...
80.000 ...30.000 GOL'ON ZUFRIEDEN GEBEN.
DIESE UNBEDEUTENDE SUMME IST...
Ha! Ha! Ha! Ha! Ha!
80.000?!
Ha! Ha! Ha! Ha! Ha! 80.000?! Ha! Ha! Ha!
ANBEI EINIGE SICHERHEITSVORKEHRUNGSVORSCHLÄGE FÜR ZUKÜNFTIGE AUTOMATENGENERATIONEN ...
KABELLOSE AUTOMATEN MIT SPIELDATENÜBERTRAGUNG VIA SATELLIT UND AUTOMATISCHE SPERRE FÜR UNGELIEBTE NERVENSÄGEN.
DAMIT IHNEN DIE ENTSCHEIDUNG LEICHTER FÄLLT, ANBEI EIN FREIZÜGIGES FOTO VON MAE.
AN:
UND ICH FREUE MICH AUF EINE SCHNELLE ANTWORT... EINE SEHR SCHNELLE, WENN'S GEHT!
MFG TED
END
NUR FÜR EUCH!

ROBERT LABS

kam am 17. April 1982 zur Welt und machte seine ersten zeichnerischen Versuche im Alter von 8 Jahren. 1995 setzte er mit *Bleed Brute* seinen ersten Manga um, der allerdings nicht veröffentlicht wurde.

1997 erlangte er mit einem 13seitigen Comic zum Thema *Lara Croft – Tomb Raider II* erstmals öffentliche Beachtung. Das Werk wurde im Hamburger Mojo-Club ausgestellt und in zahlreichen Computermagazinen lobend erwähnt.

1998 erschienen erstmals einige kleinere Arbeiten in der *Animania*. Im gleichen Jahr entstand der Comic *Soul Creek – Return of Annanuki*, der als Heftserie konzipiert war. Zwei Jahre später belegte er den ersten Platz beim Comic-Wettbewerb der Zeitschrift *Unicum-Abi*. Im gleichen Jahr nahm er Kontakt mit Carlsen Comics auf, um sein neues Projekt *Dragic Master* vorzustellen, dessen erster Band nun vorliegt.

CARLSEN COMICS
1 2 3 4 5 04 03 02 01

DRAGIC MASTER (VOLUME 1) BY ROBERT LABS
Redaktion: Joachim Kaps
Lettering: Amigo Grafik und Björn Liebchen
Herstellung: Stefan Haupt
Druck und buchbinderische Verarbeitung: Westermann Druck Zwickau GmbH

ISBN 3-551-75141-2
Printed in Germany
www.carlsencomics.de

HALT!!

Dieser Comic beginnt nicht auf dieser Seite! DRAGIC MASTER ist im Stil eines japanischen Manga angelegt und in Japan wird von »hinten« nach »vorn« und von rechts nach links gelesen. Weil wir bei Carlsen Manga so originalgetreu wie möglich vorlegen, erscheinen die Abenteuer von Ted und den Dragics ebenfalls in dieser Form. Man muss diesen Manga also »hinten« aufschlagen und Seite für Seite nach »vorn« weiterblättern. Auch die Bilder auf jeder Seite und die Sprechblasen innerhalb der Bilder werden von rechts oben nach links unten gelesen - so wie in der Grafik oben gezeigt. Wer´s ausprobiert, merkt schnell, dass das gar nicht so schwer ist wie man zuerst denkt. In diesem Sinne: Viel Spaß mit DRAGIC MASTER!